달콤한 악마가 내안으로 들어왔다

MURAKAMI RYU RYORI SHOSETSU-SHU by MURAKAMI RYU

Copyright ⓒ 1988 by MURAKAMI RYU
Originally published in Japan by SHUEISHA INC., Tokyo
Translation Copyright ⓒ 1999 by JAKKAJUNGSIN PUBLISHING CO.
Korean translation rights arranged with SHUEISHA INC., Tokyo
through ORION LITERARY AGENCY and Imprima Korea Agency
All rights reserved.

달콤한 악마가 내안으로 들어왔다
무라카미 류의 요리와 女子 이야기

초판 1쇄 발행일 • 1999년 4월 20일
재판 11쇄 발행일 • 2018년 11월 30일

지은이 • 무라카미 류 | 옮긴이 • 양억관 | 펴낸이 • 박진숙 | 펴낸곳 • 작가정신
주소 (10881) 경기도 파주시 문발로 314 | 전화 031-955-6230 | 팩스 031-944-2858
출판등록 제406-2012-000021호
홈페이지 www.jakka.co.kr | E-mail editor@jakka.co.kr | 블로그 blog.naver.com/jakkapub
페이스북 facebook.com/jakkajungsin | 인스타그램 instagram.com/jakkajungsin

ISBN 979-11-6026-118-9 (03830)

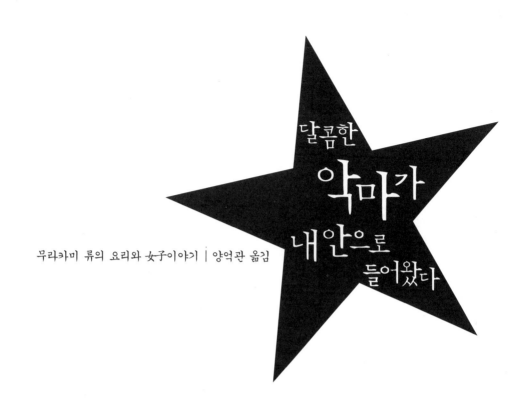

달콤한
악마가
내 안으로
들어왔다

무라카미 류의 요리와 女子이야기 | 양억관 옮김

작가
정신

그래도 여행은 계속된다

1980년대 후반부터 해외여행을 자주 했다. 테니스나 F1 그랑프리, 골프, 아메리칸 풋볼, 월드컵 축구 등의 스포츠 관전 취재가 많았다.

돌이켜보면, 당시 일본은 거품경제가 한창인 때였다. 1990년의 이탈리아 월드컵을 본 다음, 이런 정도의 스포츠 관전 취재는 그만두어야겠다는 생각도 했었다. 그냥 관객으로 스포츠를 즐기는 일이 지겨워졌던 모양이다. 우연의 일치인지는 모르겠지만, 마침 그때 일본의 거품경제가 된서리를 맞기 시작했다. 부동산과 주가가 바닥을 치기 시작했다. 그리고 바로 그때 나는 쿠바라는 나라를 알게 되었다.

지금 일본인은 자신감을 상실하고, 저 1980년대의 거품경제에 대해 국민적인 차원에서 참회하고 반성하고 있는 것처럼 보인다. 그런 어리석은 짓을 하다니, 우리가 얼마나 바보였던가 하고 후회

하는 것이다.

거품경제는 이윽고 파멸 상태에 빠져들었고 자산 가치도 현저하게 줄어들었지만, 그 호경기 시절에 거두어들인 돈을 확실히 소비한 사람은 이익을 보았다고 할 수 있겠다.

나는 해외에서 많은 돈을 낭비했다. 유럽이 주된 무대였는데, 각국에서 최고의 호텔에 머물렀고, 최고의 스위트 룸에서 사치스럽고 진귀한 음식을 맛보았다. 나는 그때까지 인생에서 최고의 낭비를 즐겼다. 이 요리소설집은 바로 그때 씌어진 것이다.

거품이 가라앉고 불황에 빠져든 현재, 나는 그때의 낭비벽을 과연 그만두었을까? 아니다. 아직도 나는 전과 같은 여행을 계속하고 있다. 1998년 프랑스 월드컵 때는 매일 호화로운 호텔에 머물렀고, 리무진을 타고 스타디움으로 갔고, 별 세 개짜리 레스토랑을 수도 없이 제패하고, 이동할 때는 헬리콥터를 이용했다.

돈은, 써버리면, 거품 따위 일어날 수가 없다. 더 벌자, 더 저축하자, 라는 서글픈 농경민적 가치관이 거품경제와 디플레이션을 일으키는 것이다.

수렵민은 낭비밖에 모른다. 어떤 측면에서 볼 때, 낭비는 미덕인 것이다.

1999년 4월
무라카미 류

6

차 례

코트다쥐르의 밤은 요염하다

| **누벨 쀠진** | 프랑스 정통 요리를 향신료 배합 등을 새롭게 해서 현대적인 스타일로
바꾼 것이다.

그 호텔은 니스에서 동쪽으로 보뤼를 거쳐 모나코로 가는 낮은
절벽길을 가는 도중에 있었다.

옛날에는 바다를 향하여 약간 돌출해 있을 뿐인 큰 바위에 지
나지 않았다.

모나코 왕비와 노골적인 자전소설로 악명 높은 한 작가가 문화
인을 위한 빌라를 세우기 위해 그 큰 바위를 샀다.

그 후, 비프 스트로가노프라는 고기 요리로 유명한 러시아 귀
족, 스트로가노프 백작이 막대한 비용을 들여 바위를 흙으로 덮
고, 나무를 심고, 빌라를 세웠다.

그로부터 소유자가 몇 번이나 바뀌었지만, 곶의 끝에 위치해 경치가 좋고, 코트다쥐르 가운데서도 니스나 칸느나 몬테카를로와 같은 도시에서 멀리 떨어져 있어 프라이버시를 지킬 수 있다는 이점 때문에 부호나 저명인이 애용하는 명소가 되어, 현재에 이르고 있다.

나는 성수기 직전인 4월 하순에 그 호텔에 묵었다.

어떤 패션쇼의 비주얼 디자인을 의뢰받아 음악담당 작곡가와 둘이서 아이디어를 짜기 위해, 코트다쥐르에 온 것이었다.

쇼의 기본 테마는 '해변의 쾌락'이라는 것인데, 나는 몹시 부담스러웠다. 바다가 싫어서가 아니라 동행한 작곡가가 일종의 신경증에 시달리고 있었기 때문이다.

작곡가는 나보다 훨씬 유명하고 나이도 많았다.

그는 비행기 안에서도 택시 안에서도 식사중에도 화장실에서도 욕실에서도 침대에서도 방수 워크맨을 귀에서 떼지 않았다.

현실 음이 두려웠기 때문이다.

"맨 처음 싫어진 것은 인간의 소리였지." 하고 호텔에서 첫날 아침식사 때, 그는 나에게 말했다. 물론 워크맨을 한 채로. 내가 그에게 이야기할 수는 없다. 대화를 원할 때는 정해진 신호를 보내야 한다. 호주머니에 넣어둔 배터리를 흔들어대는 것이다.

"나는 그때 인간의 목소리가 견딜 수 없었다네."

"왜요?"

"계량할 수 없으니까."

"모호하다는 말씀인가요?"

"자네는 알고 있나? 내가 예술대학 출신이고, 처음에는 전자악기를 다루었다는 것을."

"그건 들어서 알고 있습니다."

작곡가는 토스트를 한 입 물고, 버터를 한 조각 핥았다. 버터는 희멀건 색이었다.

버터는 제법상의 문제 때문에 항상 누런색을 띠지만, 그 중심부분만을 취한 최상품 버터는 하얀색을 띤다.

"응, 좋은 버터를 사용하고 있군, 이 호텔의 다이닝은 기대해도 좋을 거야."

그는 요구르트와 에스프레소에 대해서도 열심히 고개를 끄덕이며 합격점을 주었다.

"모두 최상품이군. 에이전시 애들이 별볼일 없어서 전혀 기대하지 않았지만, 아무래도 그렇지 않은 것 같구만. 그런데 무슨 이야기를 하고 있었더라?"

"전자음악."

"그래, 나는 결코 보수적인 인간이 아냐. 그 점은 알아주면 좋겠네."

"알고 있습니다."

"어느 유명한 가수와 함께 일을 한 적이 있었지. 클래식 음악가가 아니라, 가요계의 여왕이라는 여자가수와 오케스트라와 함께 공연을 했었어. 물론 대실패였어. 보수가 많아서 받아들였지만, 그런데, 도저히 참을 수가 없더군."

"그 여자가수 말입니까?"

"아니, 나 자신이. 그 여자가수는 천재적인 사람이라, 모든 것을 목소리 색깔 하나로 표현해버려. 처음에는 그냥 불쾌한 정도였지만, 나중에는 두려워지더군."

"목소리가?"

"그랬어. 말러의 심포니도 아기의 울음소리보다 못하다는 이상한 망상에 사로잡혀버린 거지. 그 이후로, 인간의 목소리뿐만 아니라 개나 사자나 팬더의 울음소리, 새의 지저귐, 벌레의 날개짓 소리, 졸졸졸 흐르는 물소리, 파도, 사그락거리는 나뭇잎 소리, 엔진 소리, 화장실 물 내려가는 소리, 여하튼 모든 것이 공포의 대상이 되어버린 거야. 이런 기분 알겠나?"

"알 것 같습니다."

"공포 그 자체야."

"그 정도로 심각하게 생각할 건 없지 않을까요?"

"두려운데 어떡하겠어. 심각하건 그렇지 않건, 두려움이 밀려오는 걸 어떡하겠나."

"마음을 가라앉혀주는 소리도 있을 것 같은데요."

"알고 있네. 그렇지만, 산호초의 조용한 파도소리도 두렵다네."

"빗물 떨어지는 소리는 어떻습니까?"

"전부 두렵네."

작곡가는 8시간마다 워크맨의 배터리를 교환한다. 그때도 그의 귀에서 음악이 떠나는 법이 없다. 배터리 교환을 할 동안 사용할 또 한 대의 워크맨을 미리 준비해두고 있기 때문이다.

우리는 실내 풀에서 수영을 하고, 테니스로 땀을 흘리고, 니스의 디스코테크에서 이탈리아에서 돈을 벌러 온 창녀를 사기도 하고, 그라스의 향수공장에 가기도 하고, 산레모까지 차를 타고 가서 컴프리 소다수를 마시기도 하면서 시간을 보냈다.

"'해변의 쾌락'이란 제목은 자네 아이디어인가?"

"그렇습니다."

"괜찮은 것 같아, 코트다쥐르를 지정한 것도 자네?"

"그렇습니다."

"에이전시의 멍청이들이 하와이로 가라고 하지 않던가?"

"그런 말을 했습니다."

"왜 여기에?"

"스타일이 좋아서요."

"역시, 전통이란 것이 있으니까."

작곡가는 기분이 좋았다. 그것은 이 호텔의 요리 때문이다.

벨기에 태생의 주방장이 지휘하는 다이닝은 완벽한 누벨 퀴진 (nouvelle cuisine)을 제공해주었다.

우리는 천천히 저물어가는 바다와 정원을 바라보면서 트뤼프를 통째로 넣은 샐러드와 거세된 토끼, 오리, 소의 콩팥을 넣은 파스타를 먹었다.

"배가 고프면 뭐든 맛있다고 하는데, 그건 그렇지 않아."

사슴고기 햄을 먹으면서 작곡가는 그렇게 말했다.

"허기져서 먹는 팥빵과 이 햄은 전혀 달라. 이 다이닝 요리는 죄악이야. 용서받을 수 없어. 차별에 의해 성립하고 있으니까."

나도 그렇다고 생각했다.

코트다쥐르의 밤은 요염하다. 해가 지고 밤이 되는 것이 아니라, 밤이라는 생명체가 공기를 그냥 감싸버리는 것 같다.

르네상스 양식의 정원에서 유리창을 거쳐, 마치 사랑하는 여자의 땀처럼 밤은 우리 몸으로 스며든다.

"쾌락이란 금지되어 있는 것에만 잠복되어 있다, 라는 당연한 말을 알 것 같은 기분이 들어. 이곳 요리를 먹으면 말일세."

나흘째 밤이었다.

우리는 오늘밤 메인 디시는 무엇일까 하고 가슴을 두근거리면서, 다이닝 룸으로 이어지는 복도를 걸어가고 있었다.

루오의 판화가 걸려 있고 트뤼프의 향기가 풍겨오는 복도에서,

작곡가는 갑자기 발걸음을 멈추었다.

무슨 일입니까? 하고 묻는 나에게, 조용하라고 강한 어조로 말하고, 손을 귀에 갖다댔다.

그리고 이어폰을 벗겨냈다.

"멋져." 하고 나를 향해 미소지었다.

그것은 다이닝 룸에서 들려오는 은밀한 소리였다. 웅성거림도 아니고, 은밀히 속삭이는 소리도 아니었다.

"이런 인간의 목소리는 들어본 적이 없어."

이 세상에서 최고의 맛을 즐기면서 만족스럽게 조용히 속삭이는 영어와 프랑스어와 독일어가 부드러운 덩어리가 되어 들려오는 것이다.

"전자음악이다."

나는 거품 같은 것이라고 생각했다. 발효에 의해 생기는 거품이다. 불쑥 솟아오르는 것도 아니고, 기세 좋게 튀어오르지도 않는다. 거대한 용기에 담긴 과실이 짙은 즙을 뿜어내면서, 이윽고 일제히 발효하면서 수없이 많은 거품을 내는, 그런 소리 같다고 생각했다.

작곡가는 매일 밤 다이닝 룸으로 이어지는 복도를 걸어갈 때만 워크맨을 벗고, 그 소리를 모티프로 삼아 음악을 만들었다.

그 곡은 패션쇼의 음악으로는 어울리지 않아서 불평을 샀지만, 자기 전에 듣는 나의 애청곡이 되었다.

그 곡에는 〈죄의 요리〉라는 타이틀이 붙었지만, 아마 아무도 그
의미를 몰랐을 것이다.

Subject 2

매춘굴에서 만난 초능력의 치과의사

| 자라 요리 | 자라의 삼각형 뼈를 둘러싸고 있는 미끈마끈한 살코기를 정통적인 방법으로 요리한 것으로 가장 원초적인 동물의 고기맛이 난다.

"유명해서 좋겠어요."하고 어떤 여자가 내게 말한 적이 있다.

"보통사람이라면 헤어진 다음에 뭘 하고 있는지 알 수 없잖아요. 그렇지만 당신에 대해서는 잡지나 여러 매체를 통해 소식을 알 수 있어요."하고 말했다.

그래서 그런지 몰라도, 나는 생각지도 않은 곳에서 생각지도 않은 사람을 만날 때가 많다. 뉴욕의 그리니치 빌리지 끝에 위치한 창고 거리에 있는 마사지 팔러에서 예전에 열흘 정도 다니며 치료를 받았던 치과의사를 만난 적이 있다. 그 마사지 팔러는 눈이 튀어나올 정도로 요금이 비싼 곳인데, 베트남에서 망명해온 중국 여자들만을 모아놓은 특수한 소굴이었다. 바깥에는 간판도 네온 사인도 없다.

순수한, 비밀스런, 매춘굴이다.

"아, 선생님."하고 나는 큰 소리로 인사를 했다. 좀 심하다 싶을 정도로 나는 원기왕성했다. 퓨어 베이스트를 흡입했기 때문이다. 퓨어 베이스트란 순도 98% 이상의 코카인에 불을 붙여, 피어오르는 기체를 굽은 유리관으로 들이키는 것을 말한다.

시계가 맑아지고, 성적인 쾌감이 증대하고, 자신감이 생기고 원기왕성해지면서도 의존성이 없다. 즉, 중독성이 없는 것이다.

이 퓨어 베이스트를 복용하고 사우나에 들어가, 정성 어린 마사지 서비스를 받은 다음, 이빨을 뺀 중국 여자가 상대해주면 그 쾌감이란 엔젤 다스터를 하고 흑인 여자와 그 짓을 하는 것과는 비교도 할 수 없다.

치과의사는 나를 보고, 처음에는 입을 크게 벌렸다가 눈을 아래로 내리깔았다. 매춘굴에서, 아는 사람을 만나는 것보다 어색한 일이 또 있을까.

"오랜만이군요, 뉴욕에는 무슨 일로?"

나는 그렇게 말하며 치과의사 곁의 의자에 앉았다. 주말의 심야 시간이라 다른 손님은 없었다. 대기실에는 의자가 열 개 정도 놓여 있고, 자단목 테이블을 사이에 두고 차이나 드레스를 입은 여자들과 손님이 마주보고 앉는다. 토요일 밤 이외에는 늘 여자 7, 8

명이 손님을 기다리고 있다. 마음에 드는 한 여자를 지명하면, 차이나 드레스를 벗고 팬티 차림의 몸매를 보여준다. 그 몸매가 마음에 들면 별실로 들어가는 것이다.

"의사회의 단체 여행입니다."하고 치과의사는 말했다.

"나를 기억하세요?"

그렇게 묻자 별로 즐겁지 못한 표정으로 고개를 끄덕였다.

"덕분에 그 이후로는 한 번도 아프지 않았습니다. 어때요? 마음에 드는 여자는 골랐습니까?"

"아뇨, 정하려는데 당신이 들어왔어요."

중국 여자들은 미소를 머금고 나와 치과의사를 보고 있다. 눈꼬리가 치켜올라가고, 화장을 진하게 한 마담이 차를 들고 왔다. 친구분이시라면 넓은 방에 가셔서 넷이서 놀면 어때요, 하고 말했다. 나는 아무래도 상관없었지만, 치과의사는 고개를 저었다.

새빨간 비로드로 된 차이나 드레스를 입은 여자를 고르더니 치과의사는 아무 말 없이 유리 구슬이 달린 수렴을 젖히고 별실로 사라졌다.

"나와 만난 사실은 비밀로 해주시면 좋겠습니다."

치과의사는 일을 끝내고 내가 나오기를 기다리고 섰다가 그렇게 말했다.

우리는 인공 잔디를 깐 '그린스 바'라는 가게로 들어가 이야기를 나누었다.

"나는 아내와 같이 왔습니다."

"부인과?"

"지금 호텔에서 자고 있습니다."

"선생님과 만난 것을 다른 사람에게 말할 필요가 있겠습니까. 마음 놓으세요. 그런데 한 가지 물어도 될까요?"

치과의사는 발설하지 않겠다는 내 말에 안심한 듯, 비로소 웃음 띤 얼굴로 고개를 끄덕였다.

"그 중국 여자들이 있는 가게, 누구에게 들었습니까?"

"내가 찾았지요."

"걱정 마세요, 소개한 사람 소문은 내지 않을 테니 가르쳐주세요. 일본인이 아니겠지요? 일본인은 아무도 모르니까요. 나는 취재차 만난 워싱턴의 어떤 로비스트에게 들었습니다만."

"정말로 내가 찾은 겁니다."

"그럼, 선생님은 무슨 초능력 같은 거라도 있으신 모양이군요."

나는 치과의사를 믿지 않았다. 그러나 치과의사는 겸연쩍게 고개를 가로 저으며, 그렇습니다, 하고 말했다.

"믿지 않으시겠지만, 있습니다. 아니 사실은 모든 사람에게 있는 능력이지요. 단 훈련이 필요할 뿐입니다."

"하기야 그런 말도 있더군요. 매일 한 시간씩 지우개를 응시하면, 오십 년에 일 센티미터는 움직인다고."

"그런 훈련이 아닙니다. 내 경우는 이빨 이면의 신경을 사용하는 겁니다. 누구든 가능한 일이죠, 알고 있습니까?"

그린스 바의 특제라는 셀러리 주스와 워카 칵테일을 마시면서, 나는 고개를 끄덕였다.

"왼쪽 어금니, 전문용어로는 대구치라고 하는데, 이게 중요합니다. 이 이빨의 이면에 뇌의 시상하부로 직접 통하는 신경섬유가 흐르고 있습니다. 그 신경섬유를 특수한 방법으로 자극하면 됩니다."

"아프겠군요."

"기구 같은 걸 사용하는 게 아닙니다."

"그럼 신경이 노출되지 않으면 안 되는 겁니까?"

"그래요, 그 특수한 신경섬유는 아픔을 느끼기 위해서가 아니라 어떤 신호를 포착하기 위해 존재하는 것인데, 옛날, 우리 인간이 아직 동물이었을 때는 늘 사용하던 것입니다."

"어떤 신호를 포착하지요?"

"미래 예지입니다."

나도 할 수 있습니까, 하고 나는 입을 크게 벌리며 물었다.

"당신은 안 됩니다. 나의 완벽한 치료 때문에 구멍이 막혀버렸으니까요."

"선생님은 어떻게 훈련했습니까?"

"자라."

"자라?"

"예, 벌써, 십 년 전의 일이군요, 치과의사치고 이빨이 튼튼한 사람은 별로 없습니다. 그게 좋아요, 환자의 심경을 잘 이해할 수 있으니까요. 당연히 나의 대구치에도 깊은 구멍이 뚫려 있었습니다, 그런데 십 년 전에, 교토에서 자라를 먹은 적이 있습니다. 그 삼각형 뼈를 둘러싸고 있는 미끈미끈한 살코기 있잖습니까? 그것을, 정통적인 방법으로 요리하면, 가장 원초적인 동물의 고기맛이 나지요."

"잘 모르겠군요."

"동물의 맛을 모르십니까?"

"살코기 맛 말인가요?"

"예를 들면, 중국 여자의 겨드랑이 냄새 같은 게 있잖습니까? 수렵민과 농경민의 피가 미묘하게 뒤섞인 여자의 겨드랑이 냄새, 그것이 동물의 맛입니다. 뇌를 직접 자극하지요."

그렇다, 생각해보니 맞는 말인 것 같다. 때로 골을 뒤흔드는 냄새를 풍기는 여자가 있는 것이다.

"우리 인간은 아주 오랜 옛날, 그래요, 백만 년 전에는 육식동물이었지요, 물론 날것으로. 그런 기억은 지워지지 않아요. 그 기억을 일깨우는 요리는 몇 가지밖에 없습니다. 그 교토의 자라 전문점에서, 나는 그 미끈미끈한 파충류의 고기를 구멍 뚫린 이빨로 씹었지요. 바로 그 순간, 나 자신이 어디에 있는지를 모르겠더군요. 현기증을 느낀 겁니다. 그리고 눈앞에서가 아니라, 후두부의 두개골 뒷부분에서 스크린이 주르륵 내려오더군요. 영상은 상태가 좋지 않은 비디오 같았습니다. 그것도 아주 짧은 시간 동안, 처음에는 그것이 자라 때문이란 것을 몰랐어요. 그것을 깨닫기까지는 육 년이란 세월이 필요했습니다."

"자라에 뭐가 있단 말씀입니까?"

"자라는 그냥 촉매에 지나지 않습니다. 샤먼 같은 것이죠. 제의를 주재하는 존재입니다."

"자라가 아니면 안 되는 건가요?"

"아뇨, 내 주위에 그런 사람이 몇 명 있는데, 어떤 사람은 라프인이 기르는 토나카이(순록)의 간이라고 하더군요. 그 원초적인 살코기 맛이 신경섬유를 자극하는 겁니다. 뒤흔들어놓는 거지요. 나는 몇백 번이나 자라를 먹었는지 모릅니다."

"지금은 어떠세요? 미래가 보입니까?"

"항상 보이는 건 아닙니다. 늘 눈에 보인다면 무서운 일이지요."

"주식 같은 걸로 떼돈을 벌 수도 있는 겁니까?"

"아, 그런 건 안 됩니다. 미래라고는 하지만 한정되어 있습니다."

"왜요?"

"상상에 맡기도록 하지요. 호텔에서 자고 있는 아내는 아무것도 모릅니다. 일어나서 기다리고 있을지도 몰라요."

그렇게 말하고 치과의사는 나를 재촉하여 그린스 바를 나섰다.

치과의사가 택시를 타고 떠날 즈음에 하늘이 밝아오더니, 마천루가 그림자도 없이 시계에 떠올랐다.

걸어가는 내 곁으로 살수차가 지나가고 있다.

퓨어 베이스트 기운이 아직 떨어지지 않았는지, 그 둥근 회색의 저수 탱크가 자라등처럼 보였다.

열한 번 성형 수술한 여자

| 로스트 프라임리브스 | 최고급 쇠갈비를 살짝 구운 것.

　강당은 넓고, 난방장치도 없는 데다, 외풍까지 심해서 몹시 추웠다.

　나는 한 달에 한 번 이 대학에서 〈영화론〉 강의를 하고 있다. 대학생을 비롯하여 일반인도 강의를 들으러 온다. 참가자는 매회 200명 정도이고, 나 자신이 감독한 영화를 포함하여, 편집한 작품을 비디오로 상영하면서 강의를 하기 때문인지 대단한 인기를 누리고 있다.

　그날은 이탈리아 여감독의 작품으로, 섬에 표류한 남녀의 격정적인 사랑을 묘사한 영화를 상영하였다.

"나, 기억하세요?"

30대 전반으로 보이는 여자가 그렇게 말하면서, 강의를 끝낸 내게로 다가왔다. 죄송하지만, 하고 나는 고개를 저었다.

여자는 이름을 말했다. 내가 두번째 감독한 작품에서 조연으로 출연했다고 한다. 별로 히트는 못 쳤지만, 어느 지방도시의 불량 소녀들 이야기를 찍은 영화인데, 평론가들에게 호평을 받아서 지금도 애착을 가지고 있는 작품이다. 11년 전에 찍은 영화이지만, 조연이었다면 절대로 잊을 리가 없다.

여자는 영화에서 자신이 맡은 역을 말했다. 나는 미간을 찌푸렸다. 여자의 얼굴이 달랐기 때문이다. 세월이 흘러 나이를 먹었다고 해서 얼굴 자체가 바뀔 리는 없지 않는가.

"성형 수술을 했어요"

여자는 그렇게 말했다.

시간 있으면 술이라도 한잔, 이라는 여자의 말에 나는 동의했다. 다른 일도 없었고, 성형 수술을 한 여자에게 흥미를 느꼈기 때문이다.

상주하고 있는 부도심지의 호텔 바에서 우리는 술을 마셨다. 나는 버번 온 더 록, 여자는 진 토닉이었다.

"지금, 시골에서 살고 있어요"

"자네는 분명, 고향이 후쿠이였지"

"우와! 정말 기뻐요. 기억하고 계셨군요."

"원자력 발전소가 어쨌다든가, 뭐, 그런 이야기를 들은 것 같은데."

"시골이긴 하지만 후쿠이는 아녜요. 가나가와 현의 작은 도시죠. 도쿄에서 가깝지만, 아주 시골이에요."

여자는 보통 차림이었다. 유복하지도 빈곤하지도 않고, 아이가 둘 정도 있을 법하고, 테니스나 수영이나 요가 같은 것을 하고, 남편은 중견 기업의 과장대리, 그런 보통의 차림새였다. 화려하지도 않고 보기 싫을 정도도 아니다.

"오늘 왜 그런 델 왔어? 용건이 있어서?"

"예, 오전중에는 친척을 만나서 일을 보고, 오랜만에 영화라도 볼까 생각하고, 정보지를 보았더니, 감독님 이름이 나와 있더군요. 옛날 생각이 나서."

이미 6시를 넘어서고 있었다. 결혼은 했을까.

"얼굴 말인데, 정말 몰라보겠어."

"전부 했어요."

"전부라니?"

"전부, 얼굴을 전부, 열한 번, 수술했어요."

나는 여자의 이전 얼굴을 잊고 있었다. 영화의 신은 기억하고 있지만, 이 여자의 얼굴은 생각나지 않았다.

"성형한 사실을 모르셨군요? 그렇군요, 그 후, 몇 번이나 편지를 보냈는데, 전혀 나를 불러주시지 않더군요."

그렇게 말하고 여자는 웃었다.

"그런데 전부 성형이라니, 상당한 용기가 필요할 텐데."

"옛날 얼굴, 정말 싫었으니까요."

"아무리 싫어도 그렇지, 완전히 바꾸어버리다니, 사람들이 헷갈려서 어떡해?"

"부모님이 우시더군요."

"그야 그렇겠지."

"그렇지만 지금은 예쁘다는 말을 많이 들어요."

"결혼은?"

그렇게 묻자, 여자는 고개를 수그리고 혀를 쏙 내밀었다.

"하긴 했지만."

"헤어졌어?"

"두 번."

"아이는?"

"없어요, 가지고 싶었지만, 나, 감독님 아이를 가지고 싶었어요."

나는 이 여자와 잔 적이 있는 걸까, 얼굴이 바뀐 탓도 있겠지만, 도무지 기억이 나지 않는다. 당시 나는 독신으로, 섹스도 난잡하기 그지없었다. 여배우와도 잤고, 여배우 지망생들과도 많이 잤다. 결혼도 하지 않고 그런 시골에서 뭘 하고 있는데? 하고 묻자, 세컨드, 하고 여자는 웃었다.

왠지 거절하면 안 될 것 같아 같이 식사를 하게 되었다. 같은 호텔의 프랑스 레스토랑이었다.

샤블리에다 생굴을 먹고, 나는 바다거북 수프를, 여자는 로브스터의 꼬리와 머리를 으깨어 만든 맛이 짙은 수프를 먹었다. 야, 이거 아주 맛있네요, 드셔보세요, 하고 여자는 한 스푼 떠서 내 입에 넣어주었다.

"여기 참 맛있네요, 비싸죠?"

혀로 적포도주가 묻은 입술을 핥으면서 여자는 말한다. 볼이 발갛게 상기되어 있다.

"〈플래시 댄스〉라는 영화 보셨나요?"

"잘 만든 영화더군."

"제니퍼 빌스가 새우를 먹으면서, 애인의 그 곳을 발로 문지르는 장면, 기억하세요?"

나는 고개를 끄덕였다.

"나, 그런 기분이에요, 지금."

나는 평소처럼 로스트 프라임리브스를 메인 디시로 했다.

"여기 프라임리브스, 맛이 괜찮아."

"로스트 비프?"

"응, LA에 '로리즈'라는 유명한 레스토랑이 있는데, 내가 반드시 들르는 곳이야. 거기 못지 않게 맛있어."

웨이터가 잘라준 짙은 핑크색 살코기를 입 안으로 넣는다. 늘 그렇지만 몹시 잔혹한 짓을 하고 있다는 기분이 든다. 입 저 안쪽의 점막을 아기의 혀가 애무하는 듯한 느낌이 들고, 배어나온 육즙이 목을 자극하여 바르르 떨리게 한다.

"생각났어."하고 내가 말했다.

"무엇을? 나 말인가요?"

"그래."

"이 고기를 먹고 생각난 거예요?"

여자의 턱이 움직이고 있다.

"전부 기억하셨어요?"

나는 기름기로 반들반들해진 입술을 달싹이며 고개를 끄덕인다. 여자의 아파트였다. 여자는 작은 방에 살고 있었다. 붉은 벨벳 커버를 씌운 침대가 있었다. 여자는 빌리 조엘의 레코드를 틀고, 인도의 향을 피웠다.

"감독이라고 심한 짓을 했어요. 그것도 기억하세요?"

여자는 항문성교를 말하고 있는 것이다.

웨이터에게 방을 잡게 하고, 엘리베이터 안에서 키스를 하면서, 우리는 그대로 침대에 쓰러졌다. 여자의 엉덩이는 부드러웠다. 부드럽다고 하자, 여자는 옛날에도 그랬어요, 하고 배를 잡고 웃었다.

"스물한 살밖에 안 된 주제에 엉덩이에 탄력이 없다는 심한 말을 했잖아요."

"기억나. 나는, 왠지, 기분이 나빠졌었어."

"엉덩이가 부드러워서요?"

"그래, 아까 먹은 프라임리브스 같았어."

"그럼, 맛있었겠네요."

"왜, 속이 울렁거렸을까."

"내가 못생겼으니까요. 지금도 속이 울렁거려요?"

"아니, 전혀."

옷을 다 벗은 다음 나는 머리맡의 불을 켰다. 여자는 발톱으로 나의 허벅지 안쪽을 간질였다. 여자의 눈두덩에 가느다란 봉합 흔적이 보인다. 키스해줘요, 라는 말에 내가 양손으로 두 볼을 감쌌을 때였다. 피부 아래쪽 살이 움직였다. 나는 깜짝 놀라 손을 떼냈다. 달걀을 찌부러뜨리는 감촉이었다. 손에 진득한 것이 찰싹 달라붙는 느낌이었다. 여자의 얼굴 윤곽이 미묘하게 변해 있다.

"또 비틀어졌어."

여자는 일어서서, 거울 앞으로 가, 손바닥을 볼에 대고 이리저리 눌렀다.

"볼에 넣은 실리콘이 때로 비틀어져요."

"아프지 않아?"

"아플 때도 있어요. 그렇지만 이상하죠. 볼 라인만 바뀌어도, 사람 얼굴이 변해버리니까요."

여자는 나를 일어서게 하고, 그 앞에서 무릎을 꿇더니, 펠라티오를 시작했다. 그리고, 볼을 만져도 좋아요, 하고 말했다. 나는 그 말에 따라, 볼에 들어 있는 실리콘을 움직여보았다. 내부의 동그란 혹덩어리를 광대뼈에서 턱까지 마음대로 이동시킬 수 있었다.

여자가 돌아간 후, 나는 상상해보았다. 그 볼의 피부 이면에서 살아 있는 벌레처럼 움직이는 실리콘에 대해서였다. 아마도 이물질이라고 할 수 없을 것이다. 표면을 로스트한 프라임리브스의 내용물처럼, 이미 육화되어 있을지도 모른다. 그것 때문에 자신이 더 아름다워졌다고 여자는 믿고 있다.

짙은 핑크색 살코기가 그녀를 지탱하고 있는 것이다.

작은 돌기 공포증을 가진 남자

| 생선 이리 | 물고기 수컷의 뱃속에 있는 흰 정액덩어리를 말하는 것으로, 날것으로 먹거나 구워 먹고, 찌개나 죽에 넣어 먹기도 한다.

제트 여객기의 기체가 무섭다는 남자가 있다. 그 놈은 중소기업을 대상으로 컴퓨터 리스업을 하는 대학 1년 후배인데, 그 두랄루민의 둔탁한 광택을 보는 순간, 소름이 돋는다면서 새파랗게 질린 얼굴로 화장실로 뛰어들어가서 토하는 경우도 있다.

"일곱 살 때였어. 내 고향에 비행장이 생겨서, 할아버지 손을 잡고 개항식 구경을 갔었지. 악단의 연주와 만세 삼창이 있고 별별 놈들이 다 연설을 한 다음, 제트기가 날아왔어. 태양을 등지고 내려왔는데 나는 눈이 아픈 것도 참고 쳐다보았지. 그리고는 눈 깜짝할 사이였어. 은색의 기체가 미끄러지듯이 머리 위를 통과하는

데 내 눈에는 아무것도 보이지 않고 다만 짙은 벙커시유 냄새만 지독하게 나더군. 문득 정신을 차려보니 할아버지가 이빨이 다 빠진 입을 크게 벌리고 나를 손가락으로 가리키며 웃고 있는 거야. 오줌을 싸버린 거지. 그러나 나는 기묘한 물질에 감싸여 있는 것 같았어. 엷은 막 같은 것, 냉동시킬 때 돼지고기에 랩을 씌우잖아? 그런 느낌이야. 그 막은 두랄루민의 은색 동체였어. 그 이후로 이래."

또 다른 남자는 바람에 흔들리는 야자수 이파리의 그림자에 두려움을 느끼고, 어떤 남자는 두텁고 푹신한 방석이나 이불을 두려워한다. 가위를 두려워하는 놈도 있고, 욕조에 붙은 길다란 머리카락이 소름끼친다는 놈도 있고, 빼곡이 박혀 있는 붉은 열매를 보면 몸을 부르르 떠는 놈도 있다.

그 남자와는 아카사카의 복집에서 만났다. 나는 생각지도 않은 곳에서 50만 엔이란 거금이 굴러들어와, 복어로 몸을 데운 다음 젊은 여자를 사려고 혼자서 카운터에 앉아 먹고 있었다. 태운 지느러미를 넣은 정종을 두 잔째 비우고 있는데, 그 남자가 옆에 앉았다. 남자는 맥주와 큼지막하게 썬 복어회와 생선 이리와 복어구이를 시키고, 코트 호주머니에서 콜걸의 카탈로그를 꺼내더니 남의 눈길은 조금도 의식하지 않고 활짝 펼치는 것이었다. 그것은 40페이지 정도의 소책자였는데, 여자의 사진과 함께 가게 이름과 전화번호가 적혀 있었다. 내가 곁눈질하는 것을 눈치채고 남자는 빙긋이 웃었다.

"그 사진, 진짜인가요?"하고 내가 묻자, 설마, 하고 남자는 복어회를 씹으면서 대답했다.

"이보시오, 젊은애들 보는 잡지 있잖소. 그런 데서 아무렇게나 뜯어낸 거요. 몸 파는 여자는 대체로 못생겼으니까."

남자는 신바시의 역 빌딩에서 가방 가게를 하고 있다고 했다. 싸구려 루이 뷔통이라면 얼마든지 있소, 그렇게 말했다.

"여자를 자주 사시오?"

나는 그 말에 고개를 끄덕였다.

"그럼, 혹시 모르시오. 지금까지 안은 여자 중에, 콩알이 없는, 그런 여자 없었소?"

"콩알이라면, 거기 있는 것?"

"그래요, 모르시오?"

남자는 작은 돌기 공포증이라고 했다.

"극단적으로 말하자면, 볼트나 벽에 달린 스위치 같은 것에 약해요. 가장 싫어하는 것은 사마귀처럼 몸에서 튀어나온 것, 젖꼭지는 괜찮지만, 그건 색깔이 다르니까, 같은 색깔에다 같은 재질로 톡 튀어나온 것은 정말 싫소."

그렇지만 클리토리스는 보통 보이지 않는 것인데, 하고 나는 카탈로그를 뒤지면서 말했다.

"나라는 인간은 지독히 밝히는 편이라, 거기를 요리조리 살피고 만지고 하는 걸 좋아하지요. 친구 중에 NHK에 근무하는 놈이 있는데, 중국의 오지에 가면 그런 종족이 있다고 합디다. 어릴 적에 콩알을 혀로 찌부러뜨리고 뜯어버리는 종족이 있다고 말이오."

"아, 그건 종교적인 행사에 속하지요."

"나도 알고 있소."

"남방의 토인 사회에서도 찾아볼 수 있어요."

"난 토인이나 흑인은 싫소. 피부색은 희어야 해요. 세게 누르면 발갛게 변해서 얼마 동안 지워지지 않는 그런 피부 말이오."

콜걸의 카탈로그를 나는 몇 번이나 뒤적여보았다. 전화번호 숫자에도 그 클럽의 이름 한 자 한 자에도 수치심이 새겨져 있는 것 같아 지겹지가 않다.

"나, 그 외에도 좀 색다른 데가 많은 사람이오."

남자는 복어구이를 입에 넣으면서 그렇게 말했다.

"색다른 데가 많은 인간은 늘 고생이 심해요. 예를 들면 나는 컬러 꿈밖에 꾸지 않는데, 당신은 어때요?"

나는 고개를 저었다.

"왜 그런 말이 있잖소. 색깔 있는 꿈을 꾸는 놈은 이상한 놈이라는."

그렇게 말하고 남자는 자신의 머리를 손가락으로 가리켰다.

"당신 눈에는 내가 어떻게 보일까, 내가 정상으로 보이시오?"

남자는 얼굴이 좀 작고 코가 크고 목이 두터운 반면에 어깨가

좁았다. 그러나 그런 특징은 이상한 것이 아니다. 이빨 배열이 제멋대로라는 점이 가짜 브랜드 제품을 파는 사기꾼 성격을 드러내는 듯한 느낌을 주기는 하지만, 그것은 내가 남자의 직업을 들었기 때문일 터이고, 예를 들면 신관이나 중이라는 말을 들었더라면 다른 인상을 받았을지도 모를 일이다. 눈은 카운터에 앉아 있는 8명의 손님 중에서 나를 포함하여 가장 평범했다. 그렇게 특별해 보이지 않는다고 나는 말했다.

"총천연색의 기분 나쁜 꿈을 꾸면 기분 최고, 아무도 모르는 세계를 엿보니까, 최고."

구운 생선 이리가 나왔다.

"이거야!"하고 남자는 이리를 입 속에 밀어넣었다. 나도 먹었다. 늘 그렇듯이, 절대로 허락될 수 없는 것을 입에 넣는 기분이 든다. 죄 그 자체를 먹고 있는 기분이다. 그리고 죄를 먹고 우리는 원기를 되찾는다.

"옛날 영화인데, 폴 뉴먼이 삶은 달걀을 몇십 개나 먹어치우는 영화 생각나요? 형무소에서 내기를 하는데, 나도 시도해보았지만 하나만 먹어도 입 안이 바삭거리고, 다섯 개 먹으니까 호흡 곤란에 빠져버리는 거요. 그래서 바로 이 이리로 시도해보았는데, 벌써 십 년 전 일이지만, 아직 삼십대 초반의 젊은 나이였으니까, 여자와 스캔들도 많았고, 바로 그때 여자를 하나 알았는데, 이 이리의 맛을 여자로 바꾸어놓은 것 같은 그런 여자였지요. 음식점은

여기가 아니라 츠키지 쪽에 있었는데, 한 끼 먹는데 십여만 엔이
나 하는 음식점이었소. 아니 그 여자 외에도 수많은 멍청이들과
별 짓을 다 했었소. 몇만 엔이나 하는 에도 시대의 유리 그릇을
사서 눈 오는 날에 자라 피를 거기에 담아 마시기도 하고, 안마사
를 여섯이나 방으로 불러 자라 성기로 안마를 시키기도 하고, 나
는 이리를 그 여자 앞에서 사십 개나 먹어치웠는데, 생이리 열 개,
구워서 열 개, 찌개로 열 개, 죽에 넣어 열 개, 먹었어요. 먹었지만
머리 속이 이리로 바뀐 것처럼 현기증이 나서, 그래서 말이오, 그
날 밤에 먹은 이리를 전부 토해내듯이 미친 듯 여자를 탐했단 말
이오."

그 여자의 콩알은 마음에 걸리지 않더냐고 물어보았다.

"그러니까 콩알 같은 돌기가 싫어진 것이 그날 밤을 경계로 해
서였다는 거요. 미친 듯이 탐한 다음에는 잠이 오니까 잠을 잤는
데 무시무시한 꿈을 꾸었소. 불길한 날이라는 제목의 꿈이었소.
요컨대 무섭게 불길한 날이 찾아온다는 설정이지요. 장소는 어느
시골의 온천이었고, 천박한 네온사인이 늘어선 거리의 한복판을
더러운 개천이 흐르는 그런 곳에서, 나는 여자와 함께 있는데, 여
자는 나에게 목욕물을 데워달라고 하는 거요. 그 목욕탕은 한 사
람만 겨우 들어갈 수 있을 정도로 좁고 길다란 이상한 형태를 하
고 있고, 그것도 여관의 현관에 있는 거요. 불길한 하루라는 것은
그 온천 거리에서도 화제가 되고 있고, 그 시각이 다가오면 마치

40

옛날의 괴물 영화처럼 사람들이 도망을 가는 거지요. 여자가, 목욕물 어떻게 됐어? 하고 내게 물어요. 바로 그 불길한 하루가 시작되는 시각에 나는 목욕물을 보러 갔소. 나는 너무 놀라서 토할 것 같았소. 탕 안에서 작은 물고기들이 떼를 지어 헤엄치고 있는 거요. 그것도 놀라울 정도로 빠른 속력으로. 그리고 창 밖을 보니 마치 플랫폼으로 미끄러져 들어오는 은색 지하철처럼 지느러미를 번쩍이며 몇천 몇만 마리나 되는 물고기가 날고 있었소. 나는 드디어 불길한 날이 왔다고 밖으로 튀어나왔어요. 그러자 물고기가 하늘을 가득 메우고 있지 않겠소. 그 그림자가 지면에 반점을 그려내고 있고 무지하게 빠른 속력으로 서쪽에서 동쪽으로 이동하는 거요. 모든 종류의 물고기가 있었소. 송사리에서 상어에 이르기까지, 담수어도 해수어도 심해어도, 메기도 피라루쿠도 피라냐도 전기뱀장어도 있었소. 쇠처럼 단단한 비늘을 번쩍이는 고대어도 있었고, 악어와 물고기를 합성시킨 듯한 놈도, 그런 놈들이 해를 가로막으며 하늘을 날아가는 거요, 마치 유성들처럼. 그때, 여자는 흘러간 팝송을 부르면서 작은 물고기가 헤엄치는 탕 안으로 들어가는 거요. 나와! 하고 나는 고함을 쳤소. 불길한 하루임에 틀림없으니까, 그 목욕탕도 틀림없이 불길하리라 생각한 거요. 작은 물고기들이 헤엄치는 목욕탕은 좋지 않아요. 나는 여자를 끌어당겨 목욕 가운을 입게 하고, 하늘을 나는 물고기떼를 바라보는데, 야아! 불꽃놀이 같애, 라고 좋아하던 여자가 점점 몸이 아파온

다지 않겠소. 가운을 벗기는 순간 나는 깜짝 놀랐지요. 여자의 온몸에 혹 같은 것이 불룩불룩 튀어나와 있는 거요. 온몸에 작은 이리를 심어놓은 듯한 느낌이 들었소. 온몸이 복어 배처럼 퉁퉁 부어오른 거요."

남자는 그런 이야기를 하면서도 끊임없이 이리를 먹었다.

헤어질 때 남자는 카탈로그를 주면서 자신의 가방 가게 전화번호를 적어주었다.

"진짜로 콩알이 없는 여자를 보거든 전화해주시오. 사례로 진짜 루이 뷔통을 하나 줄 테니까."하고 말했다.

나는 그 후, 생선 이리를 두 접시나 먹었지만, 물고기가 하늘을 나는 꿈은 꾸지 못했다.

달콤한 악마가 내 안으로 들어왔다

| 무스 쇼콜라 | 달걀 노른자와 시럽을 끓여서 거품을 일게 한 후, 불에 녹인 초콜 릿과, 달걀 흰자를 휘저어 거품을 내고 설탕을 넣어 가볍게 구운 것을 재빨리 섞은 후 코앙트로주를 넣고 그릇에 담아 냉장고에서 식힌 것. 디저트의 왕이라고 할 수 있다.

"이런 데서 만날 줄은 몰랐는데."

그녀는 말했다.

우리는 니스 공항에서 우연히 만난 것이다. 나는 로마에서 일을 끝내고 5일간의 휴가를 코트다쥐르에서 천천히 지내기로 했다.

그녀는, 5년 전에 두세 번 일을 같이 한 적이 있는 CF 모델이 었다. 벌써 오 년이나 지났어, 하고 그녀는 웃었다. 나는 그녀의 웃는 얼굴을 아직도 선명히 기억하고 있다. 사심 없이, 마음속에 서 우러나오는 웃음이란 이런 것이구나 하고 5년 전에도 감탄했 던 기억이 났다.

단체여행 항공권으로 파리까지 와서, 혼자 떨어져 니스로 왔다고 했다.

"호텔은 아직 정하지 않았어."

그렇다면 내 호텔로 가지 않겠어, 거기서 점심이라도 하면서 천천히 정하면 되니까, 내가 그렇게 말하자, 그녀는, 일순 눈길을 돌렸지만, 예의 그 활짝 편 웃음과 함께 고개를 끄덕였다.

리조트의 대명사라고 할 수 있는 코트다쥐르는, 남프랑스의 마르세유에서 상트로페, 칸느, 니스, 모나코를 거쳐 이탈리아 국경의 만톤에 이르는 아름다운 해안선을 총칭하는 것이다.

물론 하이웨이도 뻗어 있지만, 내가 좋아하는 것은 '낮은 절벽길'이라 불리는 해안에 가까운 오래된 도로이다. 그 도로는 당연히 다른 도로에 비해 좁고, 구불구불하지만, 유서 깊은 마을과 요트 항구 등을 가까이 보면서 달릴 수 있다.

렌터카 조수석에 앉아, 그녀는 그 경관에 감탄을 연발했다.

모나코 거의 다 와서 에즈 빌라쥬라는 중세의 거리가 있다. 해안이 아니라, 거의 수직으로 선 나지막한 산의 정상에 있어서, 그 마을은 전체가 돌로 지은 성과 같고, 옛날에는 지중해를 항해하는 선단의 감시소 역할을 했다고 한다. 좁은 돌계단과 골목길이 미로처럼 뒤엉켜 있고, 성벽의 내부에는 교회나 상점, 작은 정원, 그리고 소박한 별 네 개짜리 호텔이 둘 있다. 호텔의 다이닝은 최고의 분위기를 자랑하고, 특히 '황금 염소'라는 레스토랑은, 유명한 누벨 퀴진으로 모든 가이드 북에 실려 있을 정도이다.

그 에즈의 성 바로 아래에, 바다로 튀어나온 작은 곳이 있고, 수목의 그늘에 백악(白堊)의 호텔이 서 있다.

'르 카프 에스테르'라는 그 호텔은, 규모는 작지만, 유럽의 리조트에서만 볼 수 있는 조용한 특권의식으로 가득 차 있다.

상트로페, 칸느, 니스, 모나코와 같은 코트다쥐르의 각 도시에는 제각기 그 도시를 대표하는 중후한 초고급 호텔이 몇 군데나 있지만, 일부의 부자들은 시끄러운 그런 장소를 피해 사람 눈에 띄지 않는 은밀하고 작은 빌라 호텔을 선호한다.

'르 카프 에스테르'를 보고, 두번째 해외여행이라고 말한 그녀는, 몇 번이나 한숨을 내쉬었다.

낮은 절벽길보다 더 낮은 곳 위에, 바위를 깎아 세운 '르 카프 에스테르'는, 그 구석구석까지 귀족계급의 취향이 배어 있다.

결코 호화롭지 않고, 오히려 화려함과 사치스러움을 부끄러워하는 듯한 느낌마저 준다. 때문에, 불필요한 장식은 없지만, 예를 들면 로비에서 바다에 면한 정원으로 내려가는 계단은 무척 질 좋은 대리석으로 되어 있고, 화단을 가득 채운 장미, 라일락, 미모사, 부겐빌레아, 잔디와 분수의 멋들어진 조화는 보는 사람에게 감동을 준다.

"타이틀은 생각 안 나지만, 옛날에 본 영화의 한 장면에 출연한 듯한 기분이 들어."

그녀는 '르 카프 에스테르'의 분위기에 푹 젖어서, 다른 호텔을 찾을 의욕을 잃고 말았다.

레스토랑은 정원에 면해 있고, 아페리티프(apéritif : 식욕을 돋구기 위해 식전에 마시는 술 — 옮긴이)를 마실 즈음에는 밝디 밝은 지중해의 햇살을 즐길 수 있었다. 생햄과 모짜렐라(mozzarella : 남이탈리아 특산의 치즈 — 옮긴이), 토마토, 아스파라거스로 만든 냉채와 수프를 즐길 때쯤부터 바다는 오렌지색으로 물들기 시작했고, 조개와 생선에 뿌린 비스크(bisque) 소스의 섹시한 향기에 마음을 빼앗길 즈음에 이윽고 하늘은 엷은 핑크에서 짙은 보라색으로 바뀌어갔고, 트뤼프가 듬뿍 든 부드러운 쇠고기를 먹고, 보르도 와인과 치즈로 마무리를 하는 단계에 이르러 짙은 어둠이 깔렸다.

밤이 찾아왔다기보다는, 밤이라는 희미하고 거대한 생명체가 슬며시 다가와 모든 것을 덮어버리는 듯한 느낌이었다.

이제 더 이상 먹을 수 없어, 라고 말하면서, 그녀는 무스 쇼콜라(mousse chocolat)를 한 스푼 입에 떠넣고, 믿을 수 없는 맛이에요, 라고 웃으면서 고개를 저었다.

"입 안에서, 녹아서, 다른 존재가 되어버리는 것 같아. 달콤하다거나 쓰다는 말도 맞지 않아. 그런 걸 넘어선 맛이야."

호텔방 테라스에서 저편 보뤼의 곳에서 깜박이는 불빛을 보며,

커피를 마셨다.

옛날, 우리, 두 번 섹스한 것 기억나? 하고 그녀는 물었고, 나는 고개를 끄덕였다. 그리고 그녀는 그 후 5년이란 세월을 오랜 시간을 들여 이야기했다.

그것은, 젊고 아름답고, 마음이 가는 대로 솔직하게 살아가는 한 여성의, 리얼하고 슬픈 사랑의 이야기였다. 그녀는 스스로의 의지로 어떤 남자를 선택했고, 또 스스로의 의지에 따라 남자를 버렸다. 몇 달의 진정 기간을 거친 후에, 니스로 여행을 떠나 온 것이라고 했다.

너에게는 리얼한 사랑일지 몰라도, 난 잘 모르겠어, 하고 나는 말했다. 누구와도 다른 아주 특별한 사랑을 했다고 생각하는 건 좋지 않아, 마음을 가볍게 갖도록 해, 그렇지 않으면 다음 연애를 할 수 없게 돼……

"다들 그런 말들을 하긴 해. 나 자신도 그걸 잘 알고 있다고 생각하지만, 사실은 잘 모르고 있는 것 같애. 그렇지만 오늘에야 알았어. 오늘, 난 여러 가지 것들에 취해버렸어. 바다에, 건물에, 꽃에, 이 방에, 와인에, 음식에, 그리고 자기를 만난 것도 그래. 그 중에서 가장 놀라운 것은 무스 쇼콜라야. 초콜릿은 좋아하는 편이라 지금까지 많이 먹어보았지만, 오늘 같은 맛은 처음이야. 정반대의 맛이 하나로 녹아서, 전혀 다른 것이 되어버린다니, 정말 믿을 수 없어. 그걸 먹으면서, 나의 사랑이나 인생이 아주 흔한 것이라는 사실을 확실히 알게 되었어."

우리는 5년 전에 두 번 섹스를 나누었을 때처럼 가벼운 기분으로 함께 침대에 들어갔다.

그러나, 함께 지내는 동안, 뭔가가 내 속으로 침투해 들어왔다. 모나코에서 정장을 하고 룰렛 게임을 즐기고, 갈리아 왕비의 자동 인형 콜렉션을 보고, 호텔 드 파리의 카페 테라스에서 킬르와왈을 마시고, 요트 파티에 참가하고, 몬테카를로 컨트리클럽에서 테니스를 하고, 매일 밤 그녀는 무스 쇼콜라를 먹었다.

하루가 더하면서 우리의 섹스도 더욱 친밀해졌지만, 내 속으로 침투해 들어온 것은 그것과는 다른 것이었다.

사흘째 밤, 에즈 빌라쥬에 식사를 하러 갔다. 니스에서 모나코로 이어지는 해안선의 불빛을 바라볼 수 있는 다이닝 룸에서, 우리는 프로방스의 와인과 모차르트의 음악과 세련된 갸르송(웨이터)의 서비스를 즐기고, 노란 가로등이 달린 돌길을 걸으면서, 시간이 멈춰버린 듯한, 중세 그 자체의 분위기에 흠뻑 젖어들었다. 두 사람의 발자국 소리만 울리는 그 성벽에서, 그녀는 몇 번이나 멈추어 서서, 키스를 요구했다.

자기, 뭔가가 있는 듯한 느낌이 들지 않아? 하고 그녀는 말했다.

"뭔가가 내 속으로 들어온 것 같아. 마치 그 뭔가가 나를 당기는 것 같은 느낌이 들어. 자기가 점점 좋아지는 것 같애. 무드에 젖어서 그럴 거라고 나 자신을 달래보지만, 그것도 아닌 것 같아."

나도 같은 기분이었다. 너 지금 좀 이상한 것 아냐, 하고 나를 향해 말해보았지만, 묘하게 들뜬 기분 때문에, 그녀와 헤어진다는 것 자체가 두려워졌다. 코트다쥐르에는 달콤한 악마가 숨어 있다는 사실을 깨달았을 때는, 이미 늦었다. '르 카프 에스테르'를 감싸고 있는, 하나의 생명체와도 같은 밤, 그것과 닮은 조용하면서도 강렬한 무엇이 우리를 얽어매는 것이다.

우연히 만나, 가벼운 기분으로 같이 묵게 되었지만, 이별은 상상 이상으로 괴로웠다. 도쿄에서는 만나지 않기로 해, 하고 우리는 굳게 약속했다. 우리가 그 약속을 지킬 수 있다는 것을 잘 알면서도, 지금까지 맛보지 못했던 외로움이 우리를 엄습했다.

내일이 오면 그녀는 파리로, 나는 로마로 떠나야 하는 밤, 모나코의 '호텔 드 파리'에서 우리는 저녁을 먹었다. 둘 다 아무 말이 없었다. 내게는 일과 가정이 있고, 그녀에게는 이제 막 시작한 새로운 생활이 있다. 그것을 깨뜨려서는 안 된다는 것을 잘 알고 있으면서도, 우리는 코트다쥐르의 마성에 당하고 만 것이다.

마지막으로 무스 쇼콜라를 먹으면서, "맛있다는 것을 잘 알면서도, 이렇게 맛없다고 생각하면서 초콜릿을 먹기는 이것이 처음이자 마지막일 거야." 하고 그녀는 말했고, 그 말을 들으면서 이것이 코트다쥐르의 복수로군, 하고 나는 생각했다.

브로드웨이의 마약중독 소녀

| 송아지 갈비 | 거칠거칠한 껍질 아래 녹은 치즈와 와인 향이 나는 버섯과 피가
밴 고기가 들어 있는 이탈리아 요리.

오랜만에 대학 동창들을 만나 긴자에서 먹고 마신 다음, 록폰기의 검은 대리석 카운터가 있는 바로 들어섰다. 화제가 끊어지자, 대장성 총무과에 있는 한 녀석이, 지금 1,000만 엔 있다면 어디 쓸 거야? 하고 물었다. 모두들 주택 융자금 아니면 골프 회원권 또는 애인과 1년간의 향락을 위해 쓰겠다거나 BMW를 사겠다고 대답했지만, 나는 뉴욕으로 가겠다고 말했다.

"왜 하필이면 뉴욕인데?" 하고 친구들이 돌아간 다음, 혼자 남은 나에게 마담이 물었다.

"여자가 있어서." 하고 나는 대답했다. 내 친구들은 모두 샐러리

맨이고 개중에는 관료도 둘 있다. 그들에게는 말하고 싶지 않았
다.

"애인?"

나는 마담을 인간적으로 좋아한다. 평소때는 손님과 별로 이야
기를 나누지 않지만, 예를 들면 오늘밤의 나처럼 감상에 빠져 혼
자서 마시고 있으면 자연스런 태도와 상냥한 목소리로 말을 걸어
오는 것이다. 나는 뉴욕의 여자에 대해 누군가에게 말하고 싶었던
것이다.

"일본인은 아닌 모양인데."

마담의 목소리는 낮고 약간 쉬어 있었다. 옛날에 재즈를 불렀다
고 한다. 다이안 슈어 같은 스타일이었다는 이야기를 언젠가 들은
기억이 난다.

"애인이 아냐, 창녀야."

나는 그렇게 말했다.

"고급 창녀? 맛이 좋아서?"

마담은 스코틀랜드산 퓨어 몰트 위스키를 스트레이트로 마시면
서 그렇게 물었고, 나는 고개를 가로 저었다.

"브로드웨이 주변에서 어슬렁거리는 싸구려 창녀야. 〈택시 드라
이버〉라는 영화에 나오는 그런 느낌의 여자."

"병에 걸리면 어떡하려고?"

"나, 즐길 때는 그만한 리스크는 각오하고 해."

내가 그렇게 말하자, 마담은 웃으면서 생명과 돈 이외의 리스크는 의미가 없다고 말했다.

"뉴욕에 가본 적 있어?"

"있지, 두 번."

"변태들이 모이는 클럽인데, '헬파이어'라고 알아?"

"당신, 변태?"

"애석하게도 난 정상이지만 변태를 보는 것은 좋아해."

"거기, 어떤 클럽인데?"

"넓고, 조명이 어둡고, 사디스트와 마조히스트가 가득해, 그렇지만 분위기는 무척 밝아."

"밝다면?"

"원기가 솟구쳐. 처음 갔을 때 말인데, 클럽의 뒤편에 고급차가 멈춰서 있는 거야, 롤스로이스나 벤츠 리무진 같은 것. 벤츠 리무진은 여기 카운터보다 더 길어."

"대단한 사람이 몰래 놀러 온 모양이군."

"로렌 바콜과 꼭 닮은 여자가 그 리무진에서 내렸어."

"클럽에서 뭘 하는데?"

"여러 가지야. 벌거벗은 여자를 채찍으로 때리기도 하고, 거기 구멍에 박힌 링에 끈을 묶어 잡아당기기도 하고, 이 미터나 되는 흑인 게이가 미친 듯이 춤을 추고, 페니스를 덜렁거리며 걸어가는 할아버지도 있고, 뒤에서 언뜻 엿들었는데, 그 할아버지는 원자력

공단의 회장이라고 했어. 대체적인 분위기를 짐작하겠어? 거기에 로렌 바콜과 똑같이 생긴 여자가 온 거야. 물론 다른 사람이지만 하트 모양의 다이아 목걸이를 하고 짙은 빨강의 비싸 보이는 원피스를 입었지. 클럽 중앙에는 물침대가 있었는데, 거기서 섹스를 하는 커플도 있고, 클럽 안에서 젊은 남자를 사서 섹스를 하는 호모나 할머니도 있어. 여하튼 상대가 거부만 하지 않으면 뭐든 할 수 있는 곳이야. 그런데, 로렌 바콜은 그 물침대에 눕더니, 자, 시작해, 하고 말했단 말이야."

"강간당하고 싶어서?"

"아냐, 오줌을 뿌리라는 거야. 열 명 정도의 남자가 빙 둘러서서 오줌을 뿌려. 사실은 나도 했지. 비처럼 내리는 오줌 속에서 로렌 바콜은 오나니를 하는 거야. 생각해보면 그런 찬스를 만들기도 힘들지 않겠어? 오나니로 절정에 달할 때까지 오줌을 비처럼 맞을 찬스란 거의 없다고 생각지 않아? 그래서 오나니가 끝나면, 고마워요, 모두 사랑해요, 하고 로렌 바콜은 흠뻑 젖은 채로 돌아가는 거야. 힘이 솟구치지 않을 수가 없잖아."

"그건 잘 모르겠지만, 여하튼 부자만이 할 수 있는 일인 것 같애. 내일 먹을 빵도 없는데 오줌 세례를 받는다는 것은 너무 비참해."

마담은 잔을 눈앞에 대고 가게 안의 조명등을 바라보았다.

"그런 라이브 쇼를 보면 흥분하지 않을 수 없어. 여자를 사려고 다운타운 쪽으로 걸어갔는데, 흑인밖에 없는 거야. 그래서 타임스 스퀘어 쪽으로 갔지. 거기서 그녀를 만났어. 아마 열네 살 정도일 거야. 완전 마약중독에다 비쩍 말라서 언제 죽을지 모르겠다는 느낌이 들 정도였어. 눈이 커다랗고, 마치 안네 프랑크를 보는 듯한 기분이 들었어. 알지, 안네의 일기의 안네라고."

"그런 분위기를 좋아하는구나."

"아냐, 사실 나는 덩치도 크고 건강한 여자를 좋아해. 그 안네 프랑크는 피부가 대단했어. 거칠거칠한 것이 마치 욕실의 바닥 같더군. 차갑고 말이야, 소름이 끼쳤어. 그렇지만, 안네 프랑크는 태엽 감는 인형처럼 펠라티오를 하는데, 의지도 없고 욕망도 없고 아무런 의미도 없이 입을 그냥 움직일 뿐이야. 정말 썰렁한 방이었어. 유리창도 깨져 있고 소파는 스폰지가 튀어나와 있고 시트는 젖어 있었어. 그렇지만 나는 정말 좋았어. 그 후 뉴욕에 갈 때마다 그 애를 찾았지만, 타이밍이 안 맞은 건지, 다른 곳으로 가버렸는지, 죽어버렸는지, 만날 수가 없었어."

마담은 위스키를 마지막 한 방울까지 짜듯이 마시고, 나도 마찬가지야, 하고 말했다. 1,000만 엔 있으면 나도 뉴욕에 가고 싶어, 하고 말했다. 20년 전에 마담은 재즈를 공부하러 보스톤으로 갔다. 애인이 생겼다. 그 남자는 재즈 뮤지션을 지원하는 패트런으로, 본업은 부동산업이고, 센트럴 파크 곁에 펜트하우스를 가지고 있었다.

"풀같이 커다란 수조에서 바다거북을 기르는 그런 남자였지. 같이 섹스도 많이 했고, 여러 곳에 데려다주었어. 나는 그 남자 덕분에 햄프턴 호즈(1928~1977, 재즈 피아니스트 — 옮긴이)랑 호레이스 실버(재즈 피아니스트 — 옮긴이)의 반주로 노래도 부르고 그랬지. 그 남자에게는 부인도 있었어. 결혼할 생각은 없었지만 헤어질 때는 정말 괴로웠어."

"왜 헤어졌는데?"

"그냥 그렇게 됐어. 한계라는 게 있잖아? 나는 일본으로 돌아오고 싶었고, 재즈 공부도 한계에 봉착했고, 어떤 한계에 도달했을 때 연애란 것은 끝나는 거잖아? 일본으로 돌아와서 결혼했어. 정말 재미 없는 남자, 라이터 수집이 취미인 그런 남자, 짐작할 수 있을 거야. 그런 남자였어. 나는 젊은 남자를 꿰차고 난잡한 생활을 했는데 그 중에서 가장 마음에 드는 조각가 지망생을 데리고 뉴욕으로 가버린 거야, 남자의 저금통장을 훔쳐서. 뉴욕을 동경하던 조각가는 너무 좋아하면서, 벨 보이에서 섹스의 노예에 이르기까지 나를 위해서라면 뭐든 다 해주었어. 그런데, 둘이서 손을 잡고 센트럴 파크로 산책을 하는데 예전 그 남자의 펜트하우스가 눈에 들어온 거야. 그 남자와의 관계를 이야기해주었더니 섹스의 노예는 낭만적이라고 감탄하더라. 그렇지만 나는 모든 것은 변한다는 생각이 들었어, 센티멘털해지면서. 그래서 말인데, 이번에는 혼자서 센트럴 파크를 걷고 싶어. 모든 것은 바뀌는 거야. 매번 같은 메뉴의 요리라도 맛이 다른 법이니까. 같은 사람이 같은 재료로 같은 요리를 만들어도 다 다르지 않을까?'

마담이 그렇게 말했을 때, 나는 리틀이탈리아에 있는 어떤 레스토랑을 떠올렸다. 그 가게는 마베리 스트리트 중간쯤에 있고, 크림색의 대리석에 가게 이름이 새겨져 있다. 'S·P·Q·R', 무슨 말의 약자인지는 모르겠다. 완벽한 레스토랑이다. 가게 안은 흰색, 검정색, 황금색으로 통일되어 있고, 테이블 칸막이 유리에는 홀로스코프의 투명한 조각이 새겨져 있고, 시칠리아의 한촌(寒村)을 연상시키는 벽화가 미묘한 조명 아래 부각되어 있다. 모든 것은 변한다고 마담이 말했지만, 그 이탈리안 레스토랑의 스파게티 봉골레 비안코는 절대로 변하지 않을 것이다.

그 레스토랑 이야기를 하자, 물론 알고 있지, 하고 마담은 말했다.

"몇 번 가본 적이 있어. 피아니스트가 재미있는 사람이잖아?"

"응, 산타루치아를 노래하듯이 마이 퍼니 발렌타인을 불렀어."

"화장도 하고."

"응, 난꽃에 파묻혀서."

"난 물조개(moule : 섭조개 ─ 옮긴이)가 제일 좋았어, 오마르(homard : 바닷가재 ─ 옮긴이)나 농어도 좋았지만, 당신은 뭘 먹었는데?"

"송아지 갈비, 그것만 일주일을 먹었어."

'S·P·Q·R'의 송아지 갈비, 거죽 아래에는 치즈와 버섯의 층이 보인다. 나는 매일 그걸 먹고, 브로드웨이의 소녀를 떠올렸던 것이다. 거죽의 거칠거칠한 감촉은 헤로인으로 피폐해진 소녀의 피부를 연상시켰다. 아우슈비츠의 안네 프랑크 같은 소녀에게 욕망을 느낀 이유가 송아지 갈비 속에 들어 있었다. 거칠거칠한 껍질을 먹어치우면, 안에는 녹은 치즈와 와인 향기를 풍기는 버섯이 있고, 피가 밴 고기가 있다. 저 마약중독 소녀처럼 말이다. 피부나 뇌와는 무관하게, 다른 층을 이루는, 혀나 잇몸이나 점막 같은 것이 있었다.

마담은 뉴욕 이야기를 계속하고 있다.

"참 많은 추억이 있지만, 여하튼 사람을 감상에 빠지게 만드는 거리야."

마담은 그렇게 말하고 그리운 듯 미소를 지었고, 나는 거기에 동의했다.

백마술이 깃든 피지의 바닐라

| 아이스크림 | 피지의 바닐라로 만든 아이스크림.

거의 병을 앓지 않지만 2,3년에 한 번은 피로와 무절제한 생활
이 폭발을 일으켜 고열을 내는 경우가 있다. 그때도 그랬다. 전날
새벽까지 떠들썩하게 놀다가, 별 생각 없이 온수풀에 들어가 로봇
처럼 2,000미터를 헤엄치고, 사우나에 들어갔는데 갑자기 한기가
들어서, 체온을 재보니 40도가 넘었다.

병과 인연이 없는 사람일수록 조금만 이상해도 벌벌 떠는 법이
다.

집으로 돌아온 나는 방안을 이 잡듯 뒤져서 의료보험증을 찾아
내어, 벌벌 기듯이 차고까지 갔고, 엔진의 진동음이 머리를 마구

뒤흔드는 것을 참으면서, 여섯 살 난 아이가 늘 다니는 소아과로
갔다.

현관에서 구두를 벗는데, 아이를 데리고 대합실에 앉아 있는 사
람들이 킥킥거리며 웃었다. 보험증을 받아든 간호원이 내 발을 보
더니, 구두는 그냥 신으시면 돼요, 하고 말했다.

"어디가 아파서 오셨습니까?"

의사와는 테니스 친구다. 아직 30대 후반의 젊은 사람으로, 주
사나 독한 약을 별로 사용하지 않는 뛰어난 의사라는 평판이 자
자하고, 테니스 실력도 상당하다.

나는 이렇게 열이 나게 된 경위를 설명했다.

"몸이 히스테리를 일으킬 정도로 학대하면 곤란해요. 잠시 쉬도
록 하세요."

다시 대기실로 나와 벌벌 떨면서 약이 나오길 기다리고 있을
때였다. 볼이 발간 어린아이 손을 잡고 한 여자가 들어섰다.

처음에 나는 그 여자의 얼굴은 보지 않고, 손을 보았다. 앉아 있
는 내 눈 높이에 그녀의 손이 있었기 때문이다. 새빨간 매니큐어
가 눈에 띄었다. 주택가의 소아과에 그런 화려한 매니큐어는 부자
연스럽지 않은가 하고 고개를 들어올렸더니, 여자도 나를 뚫어져
라 바라보고 있었다. 얼굴이 작은 여자였다.

"어머, 이 부근에 사시는 모양이죠?"하고 여자는 말했다. 있잖아
요, 마미, 하고 여자는 긴자의 술집 이름을 댔다.

그 가게는 지금은 없다. 긴자에서도 오래된 일류 클럽이었다. 그녀는 2년 동안 거기서 호스티스 생활을 했던 것이다.

"아, 동해 쪽 출신이었지. 그러니까, 후쿠이 출신?"

내가 그렇게 말하자 그녀는 우와, 기뻐요, 하고 새빨간 매니큐어를 바른 손가락으로 머리카락을 쓸어올렸다.

그녀가 막무가내로 이끄는 바람에 우리는 병원 근처 커피숍으로 들어갔다. 네 살배기 그녀의 딸과 나는 소파에 축 늘어져 있고, 그녀 혼자만 발랄했다.

"나, 그만둔 지 벌써 육 년이나 되었어요. 그 가게가 문을 닫았을 때 꽃을 보냈는데, 아마 파티를 하고 있었던 것 같았는데?"

네 살배기 딸은 아버지를 닮은 양, 둥근 얼굴에 눈이 가늘어서, 미래의 긴자 호스티스로는 적합하지 않았다.

"아니, 나, 그 즈음에 해외에 있었으니까, 문을 닫은 줄도 몰랐을 거야."

"아, 그랬군요. 정말 그때가 그리워요."

열이 있어서 다음 기회에 이야기하자고 했지만, 이 딸애가 벌써 네 살이나 되었어요, 하고 손가락으로 자신의 딸을 가리키며 억지로 내게 차를 권했다. 딸애도 있고 지금 생활이 무척 행복하다는 것을 과시하고 싶은 모양이라고 나는 떨리는 몸으로 동의를 표했다. 그녀와는 몇 번 관계를 가진 적이 있다.

"그랬군, 너도 이제 어머니가 되었어."

내가 그렇게 말하자, 그녀는 뾰족하고 붉은 손가락으로 아이의 볼을 콕 쑤시며, 그래요, 하고 아이 같은 말투로 말했다.

"당신도 아이가 있겠죠?"

"남자애 하나."

"당신이 아빠가 되었다니, 믿어지지가 않아요."

"아무나 다 되는 것 아닌가?"

"우리 사이, 왜 잘 풀리지 않았을까요?"

그녀는 딸애에게 아이스크림을 먹이면서 그렇게 말했다. 힘없이 소파에 늘어져 있던 아이는 아이스크림의 차가운 기운이 좋은지, 갈라터진 입술을 크게 벌리고 아이스크림을 먹고 있다. 너무 맛있어 보여 나도 하나 주문했다.

"봐요, 우리 사이, 왜 잘 풀리지 않았을까요?"

여자는 다시 한 번 그렇게 말했다. 네 살배기 딸은 때로 어깨와 턱을 바르르 떨었다.

"응, 아이도 있고, 그런 이야기는 별로 좋지 않은 것 같아. 남편은 어떤 사람인데?"

그렇게 말하고 아이스크림을 한 입 깨물어보니 차가운 기운이 입 속에 퍼져 무척 기분이 좋았지만, 한기 때문에 피부에는 닭살이 돋았다. 몸의 내부와 표면이 다른 생물인 듯한 묘한 느낌이 들었다.

"회사에 다니는 평범한 사람이에요."

네 살 난 아이가 턱을 바르르 떨면서, 아이스크림을 먹고 있는 나에게 미소를 보냈다. 그때, 이상한 공기의 파도 같은 것을 느꼈다. 열 때문인지도 모른다. 어린아이의 미소가 원인이 아니라, 아이스크림이 녹을 때 몸 속에서 온도 차 때문에 파도가 일어난 때문인지도 모른다. 아니, 어린아이는 미소를 띤 것이 아니라, 그냥 입을 실룩였을 뿐인지도 모른다. 그러나 분명 파도 같은 것을 느꼈다. 따스한 파도였다. 나는 가끔 스쿠버 다이빙을 즐기기도 하는데, 한 번은 오가사와라 제도 남쪽 300킬로미터 지점의 해저 화산이 터지는 바다에 들어간 적이 있다. 화구에서 1킬로미터나 떨어진 거리였지만, 때로 잠수복을 뚫고 따스한 파도가 몸을 흔들었다. 어린아이가 웃었을 때 느낀 것도 그와 비슷한 파도였다.

아이는 하나? 하고 내가 묻자, 하나로 족해요, 하고 여자는 톡 쏘는 듯한 어조로 말했지만, 그 여자의 목소리에 다른 음이 겹쳐서 들려오는 것 같았다. 하·나·로·족·해·요, 라는 음성에, 뭔가 다른 음이 엉겨 있는 것 같은 느낌이 들었다.

나 벌써 남편과 안 만난 지도 반 년이나 되었어요, 하고 여자가 말했을 때, 또다시 다른 음이 엉겼고, 소리도 한층 더 크게 들렸다.

나는 그 다른 음을 들어보려고 아이스크림을 핥으면서 신경을 집중시켰다.

줄곧 싱가포르에만 있어요, 줄·곧·싱·가·포·르·에·만·있·어·요, 잡음이 심한 라디오에 귀를 대고 소리를 잡아내려는 것처럼, 여자의 말에 엉겨붙은 다른 음을 주의 깊게 들었다.

줄곧 싱가포르에 있어요.

아이스크림이 맛있네요, 라는 소리로 들렸다.

나는 여자아이 쪽을 보았다. 여자아이도 가만히 나를 보고 있다.

처음에는 편지도 오더니, 이젠 감감무소식이에요. 마치 내가 미망인 같다는 생각이 들어요.

나, 엄마가 말할 때만 말을 해요. 내가 하는 말 들려요? 나예요.

나는 여자아이를 보고 고개를 끄덕였다. 여자아이도 살며시 고개를 끄덕였다. 보통의 정신상태라면 놀랐을 테지만, 열이 심해서 눈앞에 아지랑이가 피어오르는 지경이라, 텔레파시란 게 이런 거로구나 하고 고개를 끄덕이지 않을 수 없었다.

네가 말을 하니? 하고 나는 여자아이를 향해 무언으로 물어보았다. 그러나, 여자아이는 고개를 가로 저었다.

난 별로 외롭다고는 생각지 않아요. 단지, 뭐라고 할까요, 인생이란 이런 거로구나 하는 느낌이 들어요.

아찌 말이 안 들려요. 무슨 생각을 하는지는 알겠지만, 아찌는 우리 엄마 좋아하세요?

"그래, 너도 여러 가지로 힘들겠어."

별로 힘들지도 않아요. 외롭다는 말도 맞지 않아요. 힘이 나지 않는다고 할까요. 그래요, 할 일이 별로 없어요.

엄마를 좀 즐겁게 해주세요. 난 친구가 많지만 엄마는 친구가 없어요. 엄마는 다른 사람 욕을 많이 하지만 사실은 참 좋은 사람이에요. 상냥한 사람이에요.

"뭔가 취미 같은 거라도 가져보는 게 어때."

글쎄 뭐가 좋을까. 난 무슨 일이건 금방 싫증을 내고, 시험 치기 싫어서 물장사를 선택한 그런 사람이니까.

엄마가 아찌를 좋아하는 것 같아서 내가 엄마에게 아찌와 차라도 한 잔 마시라고 권했어요. 엄마 친구 맞죠?

"그럼, 나는 이 부근에서 자주 테니스를 하는데, 함께 해볼래?"

아, 테니스, 글쎄요, 테니스는 배우기 힘들 텐데. 나 고등학교 시절에 핸드볼을 잠깐 하긴 했지만, 할 수 있을까요.

나, 테니스 알아요. 아찌는 잘하세요? 그럼 엄마에게 좀 가르쳐주세요. 난 엄마가 즐겁게 지내는 모습을 보고 싶어요.

나와 여자는 전화번호를 교환하고 테니스 약속을 한 다음 헤어졌다.

그리고 그 후, 몇 번 테니스를 같이 쳤다.

지금, 그녀는 테니스 클럽에 소속되어, 클럽에서도 호스티스 시절의 화술을 발휘하여 남자들 사이에서 인기가 높아져 내가 뒤를 봐줄 필요도 없어졌다.

그녀는 놀라울 정도로 밝아졌지만, 매니큐어 칠한 손가락은 여전히 길다.

네 살배기 딸도 때로 클럽에 놀러 온다. 나는 다시 텔레파시를 보내보려고 귀를 기울이지만, 전혀 들리지 않는다. 처음 만났을 때와는 조건이 너무 다른 모양이다. 두 사람이 동시에 열을 내야 할지도 모르고, 타이밍을 맞추어 아이스크림을 먹어야 하는 건지도 모른다.

그 아이스크림 말인데, 그것은 피지의 바닐라를 재료로 사용한 것이었다. 피지에는 다이빙을 하러 몇 번 가본 적이 있고, 백마술 (white magic : 사람에게 행복을 주기 위한 마술 — 옮긴이)이 성행하는 곳이다.

의외로 그 아이스크림에 그 딸아이가 초능력을 발휘한 비밀이 감추어져 있는지도 모른다.

차이나 카페 웨이트리스의 부동산 투자

| 생모시조개 | 살아 숨쉬는 작은 모시조개에 마늘과 간장을 넣어 이틀 정도 재운 대만 음식.

맨해튼 45블록 5번가와 애버뉴 오브 아메리카 사이에 '차이나 카페'라는 24시간 영업을 하는 레스토랑이 있었다.

나는 테니스 전미 오픈을 취재하는 중에 그 가게를 발견했다. 전미 오픈은 퀸즈에 있는 플러싱 메도우의 내셔널 테니스 센터에서 행해지는데, 마지막 시합까지 보고 맨해튼까지 돌아오면 밤 11시가 넘는다.

밤 11시라면 괜찮은 레스토랑은 모두 문을 닫는 시간이다. 그 시간까지 열려 있는 가게라고 해봐야 피자하우스 아니면 델리카트슨(delicatessen : 손님이 주문하면 바로 식탁에 내놓을 수 있게 음식을

66

준비해둔 식당 — 옮긴이) 정도이고, 다른 식당을 찾으려면 다운타
운까지 가야 한다.

'차이나 카페'는 그런 의미에서 귀중한 장소였다. 택시를 타고
가다가 우연히 발견했는데, 가게 이름이 적힌 황색 네온사인이 아
름다웠다.

가게 안의 분위기는 카페라는 느낌과는 거리가 멀었고, 손님이
라고는 늦게 일을 끝낸 대만인 노동자들뿐이었다. 나는 일주일간
그 카페에 갔지만, 백인이나 다른 일본인 손님을 본 적이 없다. 샤
부샤부와 비슷한 '석두화과(石頭火鍋)'라는 고기 요리가 명물로,
금요일이나 토요일 밤에는 그 찌개를 먹으러 오는 가족 동반 손
님도 꽤 있다.

'석두화과'는 우선 다량의 채소를 기름을 듬뿍 넣어 볶고, 그
다음에 쇠고기를 볶아서, 그 둘을 섞어서 수프를 뿌리고, 굴 소스
에 달걀 노른자와 강판에 간 홍당무를 넣어 거기에 적셔 먹는다.

심야영업을 하는 차이나 레스토랑이나 코리언 레스토랑은 어디
가나 그렇지만, 웨이트리스나 주방장이 무척 피곤한 표정을 짓고
있다. 그들은 하루에 최저 15시간 일한다. 디스코테크나 클럽에서
놀다가 새벽 3시에서 4시경에 식당으로 가면, 그들은 대체로 테
이블에 머리를 박고 잠들어 있다.

'차이나 카페'에 안이라는 웨이트리스가 있었다. 다른 웨이트리
스와 얼굴 생김새가 달랐다.

"아가씨, 중국 사람?"

"그래요."

"대만 사람은 아닌 것 같은데."

"홍콩에서 왔어요."

"정말 예뻐."

"고마워요."

우리는 그런 식으로 처음에 인사를 나누었다. 안은 영화에서 본 서태후와 닮은 얼굴이었다. 내가 일주일간 계속해서 그 식당에 간 것은 안의 매력 때문만은 아니다. 미국식으로 둔갑하지 않은 순수한 대만 요리가 정말 맛있었기 때문이다. 순대나 두부 튀김도 정통적인 것이었고, 무엇보다 나를 매료시킨 것은 생모시조개에 마늘과 간장을 넣어 절인 반찬이었다. 살아 숨쉬는 작은 모시조개를 마늘과 간장으로 이틀 정도 재운다.

대만인 노동자들은 이 모시조개와 밥만으로 늦은 저녁을 해결하는 것이다.

쟁반에 가득한 모시조개는 갈색으로 미끌미끌하다. 나는 바닷가에서 자랐지만 모시조개를 날것으로 먹어본 기억이 없다.

테니스 취재에 동행한 카메라맨이 사흘 만에 이 자극적인 맛을 견뎌내지 못하여 기권해버렸기 때문에, 나는 뮤직 비디오를 제작하는 친구를 데리고 매일 밤 생모시조개를 안주로 청도 맥주를 마셨다.

나흘째, 친구의 동료 세 명이 합세했다. 디스코테크의 조명 설계를 하고 있는 미국인과 그의 걸 프렌드, 그리고 독일인 카메라맨. 조명 설계자는 예인선을 개조한 해상 클럽의 오너이고, 그 걸 프렌드는 그레타 가르보와 닮은 여자였다. 독일인 카메라맨은 대머리에 신장이 2미터나 되었고, 모국에서 발매금지 처분을 받았다고 하는 그의 사진집은 서베를린의 퇴폐적인 10대들의 모습을 극단적인 사실감으로 찍은 것이었다.

내가 여느때처럼 청도 맥주를 시키자 안은 미안한 표정으로 품절이라면서 고개를 가로 저었다. 대만인 노동자는 거의 맥주를 마시지 않는다. 품절이라기보다는 가게 주인이 내 친구와 그 동료들의 몰골을 보고 술을 주었다가는 위험하다고 판단한 것 같았다. 할 수 없이 내 친구가 밖에 나가서 맥주를 사왔다. 그 사이 안은 나와 이야기를 나누고 있다가 다른 웨이트리스에게 잔소리를 들었다. 그 식당에서 나는 비싼 요리만 주문하는 부자 일본인 저널리스트로 인정받고 있고, 그런 나에게서 매일 밤 초콜릿이나 T셔츠 선물을 받는 안은 다른 웨이트리스의 질투를 한몸에 받고 있었다. 안은 낮에는 뉴욕시립대학에서 컴퓨터 프로그래밍을 공부하고 있었는데, 그녀는 얼마 안 되는 자유시간을 투자하여 나와 센트럴 파크를 산책하기도 하고 호텔 라운지에서 차를 마시기도 하였다.

안은 내가 지금까지 만난 수많은 여자들과는 달리, 부동산 투자

이외에는 어떤 것에도 흥미를 느끼지 않는 여자였다. 부동산 투자로 큰돈을 벌어 플로리다 해변가에 별장을 짓고 사는 것이 그녀의 유일한 꿈이었다. 그림이나 소설이나 영화나 테니스나 음악 이야기를 해도 흥미 없다는 듯 침묵으로 일관할 뿐이지만, 부동산투자의 자금운용이나 퀸즈 지구의 투자 가치, 아파트 공동경영이나 주거 취득세와 같은 화제가 나오면, 눈을 반짝이며 끝도 없이 이야기를 이어간다.

내 친구는 맥주를 팔지 않는 가게에 심술이 났는지 아일랜드맥주를 네 다스나 사들고 왔다. 3명의 백인은 맥주만 마셨다. 아메리칸 차이니즈밖에 먹어보지 못한 그들의 입에 맞는 요리가 없었던 것이다. 해파리를 입 안에 넣었다가 뱉어내고, 해삼을 썹으며 미간을 찌푸리고, 메뉴에 케미컬 에그라고 적힌 피탄을 보고동양문화를 저주하고, 생모시조개에 이르러서는 냄새도 맡기 싫다고 우리더러 옆 테이블로 자리를 옮겨달라고 했다.

나와 친구는, 자네들 백인은 오리엔탈리즘을 동경하는 것 같으면서도 사실은 아무것도 모르고 있다고 말하면서 계속 먹어댔다.

"이 세상에 햄버거만큼 상상력이 빈곤한 음식은 없어, 자네들은그걸 잘 알면서도 위대한 아시아에 대해 아무런 흥미도 느끼지않아."

1초 간격으로 생모시조개의 미끌미끌한 조갯살을 입 안으로 집어넣으면서 친구와 나는 그렇게 말했다.

"'에이리어'의 이번주 사진 봤어? 일층 쇼 스페이스를 일본 정원처럼 해놨잖아? 그걸 보고 나도 소설 쓰는 이 친구도 배를 잡고 웃어버렸어."

'에이리어'는 유명한 디스코테크인데, 매주 테마를 정해 인테리어를 바꾼다. 우리가 갔을 때, 유리를 단 쇼 스페이스에 모래를 깐 정원이 조성되어 있었다. 얼굴을 하얗게 칠한 선승처럼 보이는 백인이 그 모래 표면에 문양을 그려넣고 있었다. 류안지(龍安寺)를 흉내낸 것인데, 그 치졸함에 우리는 벌어진 입을 다물 수가 없었다.

자네는 미시마 유키오의 작품에 영향받았다면서, 하고 내 친구는 독일인을 향하여 피탄을 흔들어 보이면서 말했다.

"자네 작품에 나오는 것은 미시마가 아니라 역시 레니 리펜슈타르야. 자네 같은 백인 인텔리들은 잘 모르는 것에 대해 흥미를 나타냄으로써 자신의 위치를 유지하려고 하는 버릇이 있어. 미시마가 좋다, 다니자키가 멋지다, 미조구치는 천재다, 그런 건 모두 스노비즘에 지나지 않아. 물론 우리들도 오리지널리티는 없지만, 그러나, 이 피탄이라는 놈은 달걀 조리법으로서는 거의 기적에 가까워. 이 피탄을 우리 인류라고 한다면, 스크램블드 에그는 백악기의 공룡이야."

3명의 백인들은 빙긋빙긋 웃으면서 이야기를 듣고 있었다. 대머리를 쓰다듬으며 독일인은 동양을 모르는 게 아니라고 말했다.

"검은 달걀을 먹지 않는다고 아무것도 이해하지 못한다니 그건 말이 안 돼. 내 사진이 미시마가 아닌 레니에 가깝다는 것은 당연한 일이고, '에이리어'의 인테리어는 나와 아무 관계도 없는 멍청이가 한 것인데, 한통속으로 취급하면 곤란해."

그럼 자네는 도대체 뭘 알고 있어, 하고 내 친구가 묻자, 독일인은 중국 여자의 바기너, 하고 대답했다.

"기가 찰 정도로 젖지만 기가 찰 정도로 꽉 조여와."

일본으로 돌아가기 전날 밤, 나와 안은 〈탱고 아르헨티노〉라는 뮤지컬을 보고, 이탈리아 요리를 먹고, 재즈클럽에서 샴페인을 두 병이나 비우고, 호텔로 들어갔다. 안은 복수의 부동산 투자에는 반드시 컴퓨터가 필요하다는 말을 하면서 옷을 벗고, 검은 팬티 한 장 차림으로 내 앞에 섰지만, 섹스는 거부했다.

"지금은 안 돼. 수술한 지 얼마 되지 않아. 피리를 불어줄게."

단정한 안의 얼굴이 내 배꼽 근처에서 격렬하게 움직이는 것을 내려다보면서, 낙태한 지 11일째인 중국 여자의 바기너를 상상했다. 그것은 틀림없이 거대한 생모시조개처럼 생겼을 것이다.

반 년 후에 뉴욕을 방문했을 때, '차이니스 카페'의 문은 닫혀 있었다.

안은 공항까지 나와주었고, 영화 일로 반 년이나 살아야 하는데 생모시조개를 먹을 수 없어서 애석하다고 말하는 나에게, 내가 만들어줄게, 하고 상냥한 미소를 보냈다.

마늘을 넣은 간장으로 담그는 생모시조개는 반드시 살아 있는
것이라야 한다고 한다.

검은 수트 입은 노인의 추억

| 핫도그 | 빵 사이에 소시지와 함께 식초에 담갔다가 가늘게 썬 양배추가 들어 있고 그
위에 케첩과 머스터드를 바른 것.

"테니스 시합 경비는 정말 편해."하고 메디슨 스퀘어 가든의 경
비원은 말한다.

"우리 일은 주로 티켓 로비에서 흑인 깡패를 쫓아내는 일인데,
아이스하키나 바스켓 볼 같은 경우는 손님과 구별이 되지 않아
힘들어, 그런 점에서 테니스는 가장 싸구려 티켓을 가진 손님도,
점잖다고 할까, 흑인도 별로 없고 말이야."

티켓은 비싼 자리 순서로 적, 오렌지, 황, 녹, 청으로 색깔이 나
누어져 있다. 싸고 먼 청색 자리에서 보면 선수는 성냥개비만한
크기도 안 될 정도이다.

74

나는 적색 티켓을 가지고 있었다. 그것도 2인용 '롯지'라는 박스 좌석이다. 일주일 연속 관람 티켓 가격이 700달러나 된다.

두 달 전에도 테니스 시합이 있어서 뉴욕에 사는 친구에게 티켓 구입을 부탁했다. 그때는 녹색 좌석이었는데, 자네는 뉴욕에 살고 있는 주제에 어떤 좌석이 어떤 색깔인지도 모르고 일본에서 일부러 이 시합을 보러 온 친구에게 고작 이런 형편없는 좌석밖에 구해주지 못하는 거야, 하고 불평을 늘어놓았다.

이런 티켓이라면 불평이 없겠지, 하고 친구는 2인용 박스 자리를 구해주었다.

나는 웃으면서 700달러를 건네주었다.

그 2인용 박스 자리는 일본의 야구장의 네트 바로 뒷좌석과 마찬가지로, 회사가 접대용으로 사는 경우가 많다. 좌석 앞에는 이름을 적은 카드가 걸려 있었는데, 내 곁은 체이스 맨해튼 뱅크, 뒤는 페인 웨버, 앞은 뉴저지 스바루 딜러스였다. 내 자리에도 당연히 내 이름이 적혀 있었지만, 대기업이나 은행 이름과 나란히 붙어 있어서 묘한 기분이 들었다.

사흘째의 일이었다. 늘 마시는 버드와이저 드래프트 맥주를 사서 좌석으로 가보니 검은 옷을 입은 노인 한 사람이 앉아 있었다.

장내에는 빨간 블레이저에 나비 넥타이를 맨 정리원이 있어서, 손님을 자리까지 안내해주고 팁을 받고, 또 팁을 주고 싶지 않아 스스로 자리를 찾아 앉는 손님에게는 티켓을 제시하라고 요구한다.

크리스 에버트나 마르티나 나브라틸로바와 같은 유명선수는 늦은 시간에 나오기 때문에 장내에는 눈에 띌 정도로 빈자리가 많았다. 조금 꾀죄죄해 보이기는 하지만 다크 수트를 입었고, 나이도 많은 사람이라 정리원이 놓쳤을 것이다.

"여기는 제 박스 자리입니다."

빨간 티켓을 보이면서 나는 노인에게 말했다. 노인은 나를 흘끗 보더니, 세 줄 뒤칸으로 옮겼다. 나브라틸로바의 시합이 시작되자 손님도 늘어나고, 노인은 다시 쫓기듯이 뒷자리로 옮겨갔다. 나브라틸로바의 게임 도중에 노인은 네 번이나 자리를 옮겼다.

그리고 크리스 에버트가 등장하자 드디어 노인이 옮겨 앉을 자리는 없어지고 말았다. 박스 자리가 손님으로 가득 차자, 노인의 다크 수트는 사람들 눈에 띌 정도로 구겨졌다. 체이스 맨해튼 뱅크도 스바루 딜러스도 주름투성이 다크 수트는 입지 않기 때문이다. 계절은 봄이었고, 화려한 여자 테니스 토너먼트라 그런지, 관중들도 밝은 색의 스웨터나 셔츠 또는 재킷으로 한껏 뽐을 낸 차림이었다.

어슬렁거리며 좌석을 찾는 노인에게 정리원이 다가가서, 가장 싼 청색 티켓을 제시받자, 마치 거지를 쫓아내는 듯한 태도로 나가라고 손을 저었다.

"괜찮으시다면 여기 앉지 않겠습니까?"

곁을 지나는 노인에게 나는 그렇게 말했다. 친구가 일이 있어서 오지 못했기 때문에 2인용 박스 자리를 나 혼자 차지하고 있었던 것이다. 노인은 잠시 나를 보더니, 쉰 목소리로 고맙다고 하고 자리에 앉았다.

노인은 슈퍼마켓 봉지와 벌써 10년은 사용했음직한 색 바랜 양산을 들고 있었다.

테니스를 무척 좋아하는 모양이라고 생각했지만 사실은 그렇지 않았다. 에버트가 멋진 쇼트를 날렸지만 박수도 치지 않았고, 그렇다고 상대 선수를 응원하는 것도 아닌 것 같았다. 볼을 따라가는 시선에도 아무런 표정이 배어 있지 않았다.

"에버트가 이길 것 같군요."

내가 그렇게 말을 걸어도 눈썹을 조금 꿈틀거렸을 뿐이다.

제1세트를 에버트가 간단히 이긴 후, 노인은 실례, 하고 자리에서 일어섰다.

그냥 돌아가는 모양이라고 생각했더니, 핫도그를 두 개 들고 자리에 돌아왔다. 하나를 나에게 내밀길래 내가 지갑을 꺼내자 고개를 가로 저었다.

핫도그에는 식초에 담갔다가 가늘게 썬 캐비지가 잔뜩 들어 있었고, 케첩이 안 보일 정도로 머스터드가 듬뿍 발려져 있었다.

한 입 깨물면서 얼굴을 바라보자 그때서야 노인도 미소를 지었다.

"자네는 몇 살인가?"

그렇게 물었다. 34세라고 대답하자, 24세 정도밖에 안 보인다고 웃으면서 말했다. 입가에 패인 깊은 주름에 케첩과 머스터드가 묻어 있었다.

"일본인은 대체로 젊게 보입니다."

내가 말했다.

"여기 살고 있나?"

"아뇨, 여행중입니다."

배가 고팠던 나는 핫도그 하나로 성이 차지 않아 프리첼이라는 소금빵을 사기로 했다. 길거리에서도 많이 파는 극히 일반적인 빵으로, 보통의 식빵을 꽉 누른 것처럼 밀도가 높고, 가늘고 길게 늘어뜨려서 한 번 꼬아 불에 굽고, 그 표면에 굵은 소금을 뿌린 것이다.

두 개 사려고 했지만 노인은 손을 흔들어 거절했다.

"고맙지만 별로 좋아하지 않아."

내가 기분 나빠하는 줄 알았는지, 유태인의 빵이니까, 하고 말했다.

"난 유태인일세. 루마니아에서 왔지, 마르세유에서 십 년 정도 살기는 했다네."

"루마니아, 드라큘라가 유명한 곳이군요."

"모르겠는데, 그게 뭔데?"

"드라큘라, 피 빨아먹는 놈."

"모르겠어."

"루마니아의 트란실바니아 지방에 살았다고 합니다."

"모르겠어, 여하튼 루마니아는 시골이라네."

그리고 잠시 노인은 입을 다물었다. 그러나 눈은 볼을 좇고 있지 않았다.

"핫도그와 프리첼 어느 쪽이 맛있을 것 같은가?"

냅킨으로 입가를 닦으면서 노인은 그렇게 물었다.

"비슷하지 않을까요."

"스포츠 경기를 보면서 먹는 핫도그가 맛있다고 생각지 않나?"

"그것도 햇살 아래서."

"차가운 맥주와."

"그렇습니다."

"일본에도 있어?"

"미국 핫도그가 훨씬 맛있어요."

"나도 그렇게 생각해."

햇살 아래에서 테니스나 풋볼을 보면서 먹는 핫도그는 다른 어떤 것과도 비교할 수 없는 그런 음식물로 변하고 만다. 먹고 있을 때는 그런 느낌을 받지 않는다. 태양과 스포츠에서 벗어날 때, 행복의 상징으로서 그 맛이 되살아나는 것이다. 그것도 뇌나 혀나 위가 아니라, 온몸으로.

"이십 년 전에 핀란드 여자와 마르세유에서 함께 살았는데 아들이 태어났어. 그리고 우리는 뉴욕으로 왔지. 아들은 열한 살이었고, 우리는 일주일 정도 이민 센터에 머물렀다. 그 동안, 한 번 양키스 스타디움에 가볼 기회가 있었다네. 우리 셋은 같이 핫도그를 먹었어. 믿어지지 않을지 모르겠지만, 태어나서 처음 먹는 핫도그였다네. 소시지와 빵과 케첩과 머스터드가 입 안에서 뒤섞이는데 정말 맛있더군. 뉴욕에서 나는 택시 운전을 했는데, 조금만 여유가 생기면 셋이서 양키스 스타디움으로 가는 거야. 그리고 핫도그를 먹었어."

요즘은 가지 않나요? 하고 물으니, 노인은 아내가 죽었어, 하고 눈을 아래로 깔았다. 아들에 대해 물었을 때는 아무 말 없이 그냥 고개만 가로 저어서, 가족에 대한 질문은 그만두기로 했다.

크리스 에버트가 이기고, 다시 한 시합이 남았지만 노인은 일어섰다. 슈퍼마켓 봉지에는 담배와 생선 통조림과 치약이 들어 있었다.

"자네와 핫도그를 먹을 수 있어서 정말 즐거웠네."

악수를 나누면서 노인은 그렇게 말했다.

"테니스를 좋아하세요?" 하고 마지막으로 내가 묻자, 아니 싫어해, 하고 노인은 대답했다.

"아들 녀석이 좋아했지. 이리 나스타제라는 루마니아 출신의 챔피언을 동경했더랬어. 그래서 어떤 스포츠인지 한번 보러 왔을 뿐이야."

그렇게 말하고 노인은 적색 좌석 열을 벗어나 경기장을 떠났다.

생굴이 되어버린 스튜어디스

| 생굴 요리 | 익히지 않은 굴 요리.

파리의 생제르맹 데 프레 교회 건너편에 있는 카페는 제2차 세계대전 후, 실존주의자들의 소굴로 유명한 곳이다.

6월 초치고는 밤 공기가 차가운 편이라, 야외의 테이블 수도 몇 안 되었다. 평소때라면 많은 테이블이 놓여져 있을 장소에서 한 사람이 팬터마임을 하고 있었다.

나는 팬터마임에는 흥미가 없었기 때문에 그 행위가 어느 정도 수준인지 알 수 없었지만, 그 사람은 자신이 편집한 테이프를 틀어놓고 관광객을 포함한 수십 명의 구경꾼이 빙 둘러선 가운데, 의상과 소도구를 바꾸어가며 연기를 하고 있었다.

내가 그쪽으로 다가섰을 때, 그는 검은 망토를 입고 길다란 코를 단 마녀의 모습이었다.

카세트 테이프에서 무거운 전자음이 흘러나오고 있었고, 부엉이 울음소리도 섞여 있었다.

아무래도 숲속의 마녀가 걸어가고 있는 모양이다.

그 후, 검은 망토를 벗자, 그 아래에서 레이스 프릴이 달린 소녀의 원피스가 나오고, 음악은 테이프를 빨리 돌린 동요로 바뀌었다.

아마도 '백설공주' 아니면 '이상한 나라의 앨리스'를 연기하는 것 같았다.

음악이 바뀌는 순간에 의상과 소도구를 바꾸는데, 음향기기의 질이 좋지 않아 귀에 거슬릴 정도로 잡음이 많았고, 변장하느라 카세트의 스위치를 끄는 경우도 있었다.

그럴 동안에도 바쁘게 얼굴 표정을 움직여서 관객의 흥미를 끌려고 하였다.

그러나 관객은 5분을 한도로 재미없다는 듯이 고개를 한 번 갸웃하고는 자리를 뜬다. 그러나 오후 8시의 생제르맹 거리에는 새로운 사람의 파도가 밀려와 관객의 수는 결코 줄어드는 법이 없다.

"저, 실례합니다."하고 누가 일본어로 나에게 말을 걸어왔다. 바로 곁에 키가 큰 여자가 서 있다. 당신, 왜 이런 곳에, 하고 나는 놀라서 큰 소리로 외쳤다.

"비행기를 타잖아요."

그녀는 스튜어디스였다. 우리는 최근 두 달 동안 3번 만났다. 처음은 뉴욕의 그랜드 센트럴 스테이션에서, 두번째는 싱가포르로 가는 비행기 안에서, 세번째는 지바 시의 스낵에서, 모두 우연이었다.

"세상에 이런 일이."하고 우리는 동시에 탄성을 터뜨렸다. 우연치고는 너무 심하지 않느냐고 놀라워했다.

"스튜어디스 몇 사람이나 돼?"

실존주의자가 어슬렁거리던 카페에서 나는 백포도주를, 그녀는 킬을 마시면서 이야기를 나누었다.

"오천 명은 넘을걸요."

"뉴욕이나 파리로 자주 가?"

"아뇨, 일 년에 한 번, 많은 사람이 두 번 정도, 모스크바편의 승무원은 비자 문제 때문에 정해져 있어요."

"아, 그건 이전에도 들은 적이 있어."

나는 친구와 둘이서 생굴을 먹으려고 그랜드 센트럴 스테이션의 오이스터 바에 갔었다. 점심시간이라 붐벼서 미처 예약을 못했던 우리는 기다릴 수밖에 없었다. 웨이팅 바에서 3명의 일본인 여성과 만났는데, 그 가운데 한 사람이 그녀였다.

"그럼 우리처럼 네 번이나 우연히 만난다는 것은 어느 정도 확률이 될까?"

"처음에는 그 오이스터 바였죠?"

"그래, 맞아."

"그 후 싱가포르행 퍼스트 클래스였죠? 늘 퍼스트를 이용하세요?"

"아니, 특별한 경우, 좌석이 없어서 할 수 없이 퍼스트를 산 거야, 싱가포르는 그리 비싸지 않으니까."

"퍼스트에서 서브하는 사람은 거의가 베테랑이에요."

"그때 그런 말을 했었지."

"나는 그 편을 포함해서 지금까지 세 번 퍼스트에 속했어요. 삼 년에 세 번이죠. 거기에다 싱가포르편은 두 번밖에 타지 않았는데, 그 편의 퍼스트에서 만났다는 것도."

"굉장한 확률의 우연이군."

세번째 지바 시의 스낵에서 만난 일에 대해서는 둘 다 아무 말도 하지 않았다.

"파리에는 일 때문에 오셨어요?"

"응, 내년에 퐁피두 센터에서 열리는 저팬 페어에 초대받아서 그 준비 때문이야."

"호텔은? 이 부근이세요?"

"뤼 드 백, 여기서 가까워. 당신은?"

"나는 닛코 드 파리, 친구가 생제르맹 데 프레 교회 바로 뒤에 오래된 인형 가게가 있다고 했거든요."

"인형을 좋아하는군."

그녀는 킬을 다시 한 잔 시키고 고개를 갸웃하면서 웃었다.

"오래된 인형?"

"응, 좋아하지 않아?"

"사실은 흥미 없어요. 가르쳐준 그 친구는 아주 좋아하죠. 오이스터 바에서 만난 머리가 긴 사람, 그 사람이 콜렉터이고, 나는 그냥 혼자서 파리 구경을 하고 싶었는데, 미술관도 모두 문이 닫혀 있어서, 선생님은 어떠세요? 할 일이 있으시죠?"

"아니, 딱히 생제르맹 데 프레에 볼일이 있는 건 아냐."

"팬터마임은?"

"보았지."

"좋아하세요?"

"아니, 나는 광대는 별로 좋아하지 않아."

나는 심야의 지바에서 록폰기까지 택시를 타고 와서 생굴을 찾아 몇 집이나 들렀고 무척 취한 상태였고, '우리는 신의 인도로 만난 거야.' 하고 침대에서 속삭였던 기억이 났다.

그녀는 나의 얼굴을 빤히 보고 있다. 같은 추억을 되씹고 있을 것이다.

"이러면 안 되는데."

"뭐가?"

"내 삼기 선배인데, 스키 선수와 결혼한 사람이 있어요. 그 두 사람은 샤모니에서 우연히 만났고, 그 후 시드니편의 기내에서 딱 마주쳐서, 이건 대단한 인연이라면서 결혼으로 골인했었어요."

"그 케이스보다는 우리가 더 대단한 것 같은데."

"네 번이니까요."

"아마도 몇만, 몇백만 배나 우리들쪽이 확률적으로 대단할 거야."

"생굴, 어때요?"

"유월이니까, 파리에서는 무리일걸."

"그렇군요."

그녀는 그렇게 말하고 나의 눈을 빤히 보며 웃었다.

"문제는 생굴이라고 생각해요, 나."

"뭐가? 우리들의 우연?"

"그래요, 난 별로 좋아하지 않았는데 그때 처음 먹었으니까요. 신슈에서 태어나 어릴 적부터 날것은 거의 먹어보지 못했으니까요."

"그래도 맛있다고 했잖아."

"와인은 캘리포니아 샤블리였던가요?"

"그렇지."

"섹시했어요, 나, 두번째 기내에서 당신을 만났을 때, 샤블리와 생굴이 떠올랐어요. 그래서, 세번째는 거꾸로 생굴을 생각했더니 당신을 만났어요. 그리고 이번에도 그래요."

"생굴을 생각하고 있었어?"

"그래요, 내 몸이 온통 생굴이 되어버린 듯한 느낌이 들었어요. 그러다 당신을 만났으니, 얼마나 놀랐는지, 아직도 심장이 두근거려요."

온몸이 생굴이 되어버린 듯한 느낌이란 어떤 것일까. 물어보려다가 그만두었다. 킬에 젖어 빛나는 여자의 입술이 반쯤 열려 있고, 혀가 보였다.

"왠지 무섭군."하고 말하자, 여자는 소리 높여 웃었다.

우리는 카페를 나와 몽파르나스 쪽으로 걸었다. 밤 10시, 이윽고 해가 진 파리의 늦은 밤, 버스 정류장의 벤치에서 연인들이 혀를 빼는 소리가 들려오고, 나는 어떤 감촉에 감싸였다.

샤블리로 차가워진 목으로 생굴이 미끄러져 들어갈 때의 그 감촉이다. 그것은 정욕과 마구 뒤섞여 있었다.

"나, 당신과 만나고 싶어지면 생굴을 생각하고, 생굴의 신에게 기도나 할까봐요."

헤어질 때 그녀는 그렇게 말했다.

그때 나의 온몸에는 닭살이 돋았지만, 그것은 결코 불쾌하지 않았다.

헤픈 여자를 좋아하는 이유

| 훈기 포리니 | 고기맛에 가까운 버섯으로 만든 요리.

학창시절의 한 친구가 로마에서 일식집을 경영하고 있다. 로마를 방문할 일이 있으면 반드시 찾아오라고 편지를 보내왔다.

밀라노에서 간단한 용건을 끝내고 로마까지 가기로 했다.

그 친구에게는 기묘한 성벽이 있었다. 그는 고교시절에 수구를 했고, 큰 키와 윤곽이 뚜렷한 얼굴은 젊은시절의 말론 브란도를 연상시킨다.

당연히 여자들에게 인기가 있었지만, 취향이 많이 바뀌어 있었다.

밀라노에서 특급을 타고 가는 오랜만의 이탈리아여서 피렌체에서 이틀을 놀고, 저녁에 테르미니 역에 도착했다.

"미켈란젤로, 또 보러 갈 거야?"

스페인 광장 곁의 그 레스토랑을 찾아 얼굴을 마주했을 때, 그는 그렇게 말하며 내 손을 잡았다.

"아니, 방금 도착했어. 바티칸에는 내일 오전에 가볼 생각이야."

우리는 미술대학을 다니면서, 함께 16밀리 영화를 찍은 적이 있다. 그는 타블로(유화)도 그리곤 했지만 나는 별로 흥미가 없었다. 나는 어릴 적부터 미켈란젤로에 빠져 있었는데, 〈최후의 심판〉에서 그림의 모든 것은 끝나버렸다고 생각했기 때문이다.

"네 소설은 한 권 읽어봤어. 여기서는 손에 넣기 힘드니까."

친구는 그렇게 말했다.

저녁시간이라 혼잡했다. 일본인 단체 관광객이 태반이다.

잠시 나갈까, 하고 그는 나를 데리고 어둠이 내린 돌길을 잠시 걸었다.

버섯을 먹자, 지금이 한창때니까, 친구는 택시를 잡고, 메르체레가에 있는 유명한 레스토랑으로 향했다.

친구는 그곳의 단골인 듯, 가장 구석 테이블로 안내되었고, 가게 주인이 일부러 찾아와 메뉴를 설명해주었다.

"여기 파스타는 일품이야. 그런데 밀라노에 갔었다고?"

주문을 하고 컴프리를 핥으면서 그는 평온한 표정으로 물었다.

"밀라노는 벌써 이 년이나 가보지 못했어, 어땠어?"

"패션 취재를 갔었어, 활기에 넘치더군."

"패션 관계 일을 하고 있어?"

"패션이 아니라, 패션에 관련된 인간, 디자이너라든가, 모델을 취재해야 해."

"그래, 좋은 여자 있든?"

그는 넥타이를 느슨하게 풀고 웨이터를 불러 와인을 시켰다.

"나는 모델 같은 타입은 안 맞아."

나는 그렇게 말하고 고개를 저었다.

"그랬군, 그 당시 자네가 사귀던 여자, 아마 히피였지?"

"누구 말인데?"

"있잖아. 영화에도 잠깐 나온 애, 인디언처럼 장식을 단 재킷을 잘 입고 다니던 애."

"아, 그 애와는 금방 헤어졌어."

세 종류의 파스타가 나왔는데, 그의 말대로, 한결같이 맛이 좋았다. 처음에는 잘게 썬 파슬리를 잔뜩 뿌린 알리오리오, 올리브 오일에 마늘이 녹아들어 파스타 하나하나가 뜨겁게 젖어 번쩍이고 있었다. 두번째 접시에는 조금 차갑게 한, 토마토 과육만 넣은 포모도로(pomodoro)였다. 세번째는 고르곤졸라(gorgonzola), 머리카락처럼 가느다란 파스타라는 의미라고 하는데, 블루치즈와 엉겨 있다. 세 종류의 파스타는 콧구멍을 살살 간질여서 관능적인 연상을 불러일으킨다.

"자네는 결혼했겠지?"

베로나의 명품이라는 백포도주를 마시면서 친구가 물었다. 나는 고개를 끄덕였다.

"어때?"

"어때라니? 잘하고 있지."

"원만히 지내고 있는 건 당연해. 내가 묻는 건 어떤 여자냐는 거야."

그의 여자 취향은 옛날과 전혀 달랐다. 다정한 여자를 좋아한다는 것이다. 나는 두 사람을 알고 있다. 그 중 한 사람은 깊은 밤에 술에 취한 채 내 방으로 찾아와, 한 마디도 하지 않고 옷을 벗더니 이불 안으로 파고든 여자였다.

"최근에야 겨우 알았지."

"무엇을?"

"내가 헤픈 여자를 좋아하는 이유를."

"너도 많이 변했구나."

"아까 내 마누라 봤어? 우리 가게 입구 부근의 테이블에 앉아 있었어."

나는 고개를 가로 저었다.

"얼굴이 까무잡잡하고, 머리카락을 물들이고 이탈리아 여자처럼 화려한 옷을 입고, 보지 못했어? 개 목걸이만한 굵은 목걸이를 하고 있었는데."

그 여자라면 기억이 난다. 내가 당혹스런 표정을 짓자 그는 아래를 보며 웃었다.

"맞아, 가지 꼬치를 먹으면서 수염 난 이탈리아인과 키스하고 있던 그 여자야."

숯으로 구운 가자미 살을 웨이터가 팔레트 나이프로 벗겨내고 있다.

"그래도 그 여자는 나를 사랑하고 있어. 자네는 이상하게 여길지 모르겠지만, 자네는 어떻게 생각해? 대부분의 여자는 다정하고 바람기가 있다고 생각해?"

몰라, 하고 나는 대답했다.

"그건 아냐. 우리는 동시에 몇 사람의 여자를 사랑할 수 있지만, 여자는 그렇지 않아. 생물로서 수컷과 암컷을 생각해보면 명백하지 않겠어? 아무리 사랑하더라도 수컷이 죽으면, 암컷은 다른 상대를 찾아. 그러나 살아 있을 동안은 동시에 두 사람을 사랑할 수 없는 거야. 그것은 암컷의 강점이기도 해. 즉, 우리는 어떤 암컷을 사귀다가, 다른 매력적인 암컷이 나타났을 경우, 형편에 맞는 한 이전의 암컷을 확보해두려고 하잖아? 암컷은 그렇지 않아. 보통의 암컷은 자신에게 보다 매력적인 수컷이 나타나면 이전의 수컷은 잊어버려. 만족하고 있는 경우에는 그런 일이 일어나기 힘들지. 하나의 수컷과의 관계를 지속시키려 하는 거야."

"그럼, 자네가 좋아하는 여자는 모두 이상한 사람이란 얘기로군."

글쎄, 하고 친구는 가자미에 레몬즙을 뿌려 입으로 가져갔다.

"옛날 일인데, 내가 가게를 막 냈을 때니까, 칠 년 전이던가. 음악가 부부가 점심을 먹으러 왔어. 남자는 성악가이고, 여자는 피아니스트. 남편은 자신이 부르는 노래도 그랬고, 좋아서 듣는 음악도 클래식뿐이라, 다른 음악은 음악으로 인정해주지 않는 타입이었어. 여자는 비틀스를 좋아한다고 하더군. 그래서 삼십 분 정도, 비틀스에 대해 이야기를 나누었어. 알겠어? 삼십 분이야. 그부부는 그 후 로마에 있는 동안 두 번 식사를 하러 왔지만, 나는 바빠서 가볍게 인사를 했을 뿐이었지. 그로부터 삼 년이나 지났을까, 남편이 일본에서 국제전화를 걸어온 거야. 나는 처음에는 전혀 기억을 못 했지. 손님으로 세 번 정도 만났고 이야기한 것은 그 중 한 번뿐이고, 그것도 삼십 분밖에 안 했으니까."

"무슨 일로?"

"여자가 죽었다는 거야, 수면제 어쩌구 하는 걸 보면 자살에 가까운 병사라고 해야겠지. 그런데, 나에게 이런 말을 하는 거야. '우리집 사람, 어떤 여자이던가요?' 라고 말이야. 그 남자는 당연히 망연자실하여 아내가 남긴 몇십 장의 비틀스 앨범을 들은 모양인데, 어쩐지 알 것 같은 생각이 들지 않아? 홀로 남겨진 남편의 기분을 난 알 것 같아."

"그럼 자네는 이런 말을 하고 싶은 거로군. 가장 가까운 여자가 가장 알기 힘들다. 눈앞에서 다른 남자와 키스하는 여자쪽이 인격을 이해하기 쉽다는 것인가?"

친구는 가볍게 고개를 갸웃하며 모호한 웃음을 지은 채 대답하지 않았다.

메인 디시, 훈기 포리티니가 테이블에 놓이기까지, 우리는 와인을 마시면서 아무 말도 하지 않았다. 훈기는 버섯이다. 내가 레몬을 뿌리려 하자 그가 제지했다.

"레몬은 안 돼, 완벽하게 양념을 해두었으니까. 내가 이 세상에서 단순한 음식이 아니라 생명 그 자체를 먹는 듯한 느낌을 가지는 두 가지가 있어. 하나는 자라이고, 다른 하나는 이 훈기야. 이 버섯은 분류하자면 고기에 속하는 거야, 알겠어?"

몰라, 하고 나는 대답했지만, 훈기를 맛보면서 고기 요리에 속한다는 것은 이해할 수 있었다.

"사람 고기와 가장 비슷하다고 해."

친구의 그 말에 나는 고개를 들었다.

"농담이야. 버섯이란, 어둡고 습기 찬 곳에서 자라잖아. 전설이 있어. 버섯은 식물이 아니라 동물이야. 동물이 몸이 약해져서 움직일 수 없게 되면 버섯으로 변하는 거지. 움직일 수 없을 정도로 약해지면 동물은 버섯이 되어버리는 거라구."

우리는 훈기 포리티니를 2인분씩 먹었고, 그의 여자 취향에 대

한 이야기는 그만두고, 학창시절에 찍었던 16밀리 영화 이야기를
하고 헤어졌다.

나는 로마에 5일 머물면서, 매일 바티칸에서 미켈란젤로를 보
고, 매일 밤 훈기 포리티니를 먹었다.

그의 식당에는 점심때 두 번 갔고, 그 두번째에 아내를 소개받
았다.

두 사람은 차가운 두부를 먹는 내 앞에서 미소를 주고받으며,
이탈리아식으로 키스를 했다.

그 여자가 처녀였던 이유

| 상어 지느러미 수프 | 상어 지느러미로 만든 진득한 수프로 색깔, 맛, 향
이 진하다.

그녀를 처음 만난 것은 남태평양의 타히티, 라이아테아 섬에서
였다.

나는 몇 명의 친구들과 타히티, 오스트레일리아를 돌고 있는 중
이었다. 그녀는 대기업의 비서로, 20일간의 휴가를 얻어 혼자 섬
에 머물고 있었다.

우리는 해먹 위에 나란히 누워 이야기를 나누고, 매일 다이빙을
하고, 무인도를 돌면서 트롤링을 즐기고, 마지막 밤에 섹스를 했
다.

그녀는 그때 20대 후반의 독신이었고, 믿을 수 없는 일이지만,

처녀였다.

너처럼 예쁜 여자가 지금까지 애인도 없었다니 믿을 수 없어, 하고 말하는 내게, 나는 섹스를 하면 안 돼요, 하고 눈길을 아래로 깔았다.

그것도 벌써 6년 전의 일이다.

우리는 한 달에 한 번, 두 달에 한 번, 시내 호텔에서 만나는 사이가 되었다. 나는 그녀에게 내가 아는 모든 섹스의 변주를 시도했는데, 한결같이 대낮이었다. 그녀는 점심을 끝내고 호텔로 나를 찾아와, 저녁 전에 돌아갔다.

따라서 우리는 디너를 함께 한 적이 없었다.

2년 반 정도 계속된 그 관계는 그녀의 취리히 전근으로 끝나고 말았다.

나는 일본의 록 뮤지션의 프로모션 비디오를 찍기 위해 뉴욕 24블록에 있는 장기숙박 전문 호텔에 묵고 있었는데, 맨해튼에 한 달 정도 머물고 있던 어느 날, 워싱턴에서 팩스 한 장이 날아왔다.

그녀의 이름을 떠올리는 데 약간의 시간이 필요했다.

주말에 라가디아 공항으로 마중나가, 우리는 3년 반 만에 재회했다.

"뉴욕에 있는 걸 용케 알았네."

"잡지에 나왔던데, 비디오를 찍어?"

"응, 그래도 호텔을 잘 찾았네."

"맨해튼에 있는 호텔이란 호텔은 다 전화를 걸었지 뭐."

"그런 정열이 있다면 엽서라도 주지 그랬어. 취리히에서 바로 워싱턴으로 옮겼어?"

"한 번 일본에 간 적은 있어."

"연락하지 그랬어."

"자기 집에? 싫어, 부인 목소리를 듣는 건 싫어. 자기, 나, 여기저기 호텔에 전화했다는 건 거짓말이었어. 옛날에 자기가 한 말이 생각나더라. 뉴욕에서는 키친이 딸린 빌리지의 작은 호텔에 머문다고 말한 적이 있잖아?"

그녀는 내 호텔에 짐을 풀고 재즈를 듣고 싶다고, 옛날과 같은 향수 냄새를 풍기며 말했다.

"재즈를 좋아하는 줄은 몰랐는데."

19블록의 재즈 바에서 게리 버튼과 랠프 타우너의 듀오를 들었다. 그 둘을 선택한 것은 그녀였다.

"스위스가 좋아졌어."

우리는 재회를 축하하며 샴페인을 마셨다.

"넌 전혀 변하지 않았어."

"무슨 뜻?"

"향수도 그대로고, 표정도 옛날과 똑같아. 애인은?"

"친구는 있어."

"스위스 사람이 유혹하지 않든?"

"나, 남자는 지금까지 자기뿐이야."

"믿을 수 없는데."

"여자란 첫남자를 잊을 수 없다고 하잖아."

"미신이야."

내가 그렇게 말하자 그녀는 웃었다.

"참 이상한 기분이 들어."

"뭐가?"

"밤, 밤에 이렇게 만나기는 타히티 이래로 처음이잖아. 도쿄에서는 대낮의 정사였으니까. 자기, 기억해? 커튼도 치지 않고 섹스를 하고 있는데, 창을 닦는, 있잖아, 곤돌라를 탄 사람에게 들켰잖아."

이상한 쪽은 여자다. 애인이 없다는 것은 거짓말이 아닌 것 같다. 유학경험도 있어서 4개 국어를 자유자재로 구사하는 유능한 비서이며, 학생시절에는 잡지 표지의 모델을 할 정도로 미인이었고, 침대에서는 색정광이 아닐까 의심이 갈 정도로 뜨거웠는데, 나 외에는 남자 경험이 없다는 것이다. 그녀가 나를 깊이 사랑하고 있다면 또 이해가 가지만, 그럴 가능성은 전혀 없다. 그녀는 내 앞에서 눈물을 보인 적도 없고, 취리히로 떠날 때도 안색 하나 변하지 않았다.

"왜 그래? 내 얼굴 보며 무슨 생각하는데?"

"넌 참 알 수 없는 여자야."

내가 그렇게 말하자 그녀는 눈을 내리깔고, 뭐든 먹으러 가, 하고 일어섰다.

그녀는 나를 차이나타운의 그 해물 레스토랑으로 이끌었다. 가게로 들어가서 테이블에 앉자, 보이, 웨이터, 구석에 있던 매니저로 보이는 남자까지 나와서 그녀에게 인사를 했다. 단골인 듯했다.

"대단해."

"여기, 맛있어."

그녀는 메뉴를 보지도 않고 주문했다. 상어 지느러미, 전복, 게, 새우, 장어, 그리고 영어 이름이 없는 미얀마산 메기같이 생긴 담수어. 처음에 나온 삶은 새우를 보고 나는 놀랐다. 직경 20센티미터나 되는 새우가 쟁반에 수북한데, 40마리는 좋이 될 것 같았다.

"전복과 게도 이렇게 많이 나와?"

그녀는 길고 빨간 손톱으로 새우 껍질을 벗기면서, 정말 맛있어, 하고 웃었다. 그녀는 껍질을 벗기고 향료가 든 굴 소스를 듬뿍 바르고는 새우를 입 안으로 밀어넣는데, 먹는 동안은 전혀 말이 없었다. 새우 쟁반이 거의 비었을 때쯤, 상어 지느러미 수프가 나왔다. 한숨이 절로 나왔다. 손바닥만한 상어 지느러미가 원형을 유지한 채 쟁반 중앙에 두 개가 놓여 있고, 그 주위에는 진득한 수프가 가득하다.

이런 멋진 상어 지느러미는 처음이야, 그런 나의 말에 응답도 없이 그녀는 뜨거운 차가 든 핑거 볼에 손가락을 헹구더니, 잘게 썬 숙주나물을 듬뿍 뿌리고 식초를 두세 방울 떨어뜨린 다음, 상어 지느러미 한 조각을 혓바닥 위에 올렸다. 수프는 색깔도 맛도 향기도 짙어서 수프라기보다는 차라리 소스 같았다. 바다 냄새 나는 뜨거운 상어 지느러미와 함께 입에 넣으면, 진득하게 입천장에 달라붙으면서 스르르 녹아 천천히 목구멍 안으로 미끄러져내린다. 거의 중국인들뿐인 손님들이 우리 테이블을 주목하고 있다. 게와 전복과 장어 요리가 동시에 나왔기 때문이다. 블랙빈 소스를 바른 게, 오리 뒷다리와 함께 삶은 주먹만한 전복, 꼬챙이에 꿰어 뜨거운 철판 위에서 기름을 튀기고 있는 장어. 그녀는 먼저 게의 등껍질을 뜯어내어 그 속의 노란 알덩어리를 스푼으로 긁어 입안에 넣었다. 게 알을 씹으면서 손에 든 은제 도구로 게 다리 껍질을 바수고 살을 꺼내 소스에 적시더니 혀 위에 올리고, 다시 핑거 볼에 손가락을 헹구고, 전복을 한복판에서 둘로 잘라 브로콜리와 함께 입에 넣고 씹어 삼킨 다음, 꼬치에 낀 장어를 뜯어먹었다. 갑각류와 어류와 패류의 부드러운 살이 그녀의 이빨에서 으깨지는 소리가 쉴 새 없이 나의 귀를 애무하고, 그 소리는 점점 더 커지는 것 같은 느낌이 들었다.

"늘 이렇게 많이 먹어?"

전복을 다 먹어치우고 오리 다리에서 고기를 발라먹는 그녀에게 물었다. 맛있으니까, 뼈만 남은 오리 다리를 흔들어 보이면서 그녀는 그렇게 말했다.

"그런데 왜 살이 찌지 않을까?"

"체질이 그래."

장어 기름 한 방울이 입가에 맺혀 떨어질 찰나, 그녀는 침과 기름으로 번쩍이는 혀로 그것을 날름 핥아버렸다.

이윽고 조금 전까지 수조에서 뛰놀던 미얀마산 메기가 날카로운 이빨을 자랑이나 하듯이 턱을 쩍 벌린 채 테이블 위로 올라왔다. 이건 정말 맛보기 힘든 생선이야, 한 마리에 70달러나 해, 나, 이 생선이 입하되면 반드시 맨해튼에 와, 팔레트 나이프로 생선살을 발라내면서 그녀는 말했다. 그녀의 권유로 지느러미 주변에 붙은 살을 먹어보았는데, 그건 마치 바다에 떨어지는 눈처럼 혀 위에서 녹아, 목구멍을 통과하는 것이 아니라 목구멍으로 미끄러져 내리더니 불현듯 사라져버렸다.

"내 고향, 어딘지 알아?"

"북쪽이라고 했었지."

"어머니는 산파였어."

"응?"

"아기를 받는 사람, 아버지는 변호사였고, 시골에도 그런 부부가 있는 거야. 아버지가 너무 바빠서, 나, 어머니를 따라 출산하는 여자 집으로 가곤 했어. 그런데 나에게는 보여주지 않아. 아기가 태어나는 장면을, 안 보여줘. 그래도 난 숨어서 봤어. 왜 보면 안 되는데? 그런 질문을 많이 했더랬어. 그러면 어머니는 구세대답게, 좋지 않은 일을 하면 이렇게 아기가 생긴다는 식으로 말하는 거야. 출산하는 여자는 무척 고통스러워 보였고, 굉장한 소리를 질러댔어. 무슨 벌을 받는 것 같은 생각이 들었어. 그래서 나는 섹스하면 안 된다고, 줄곧 그런 생각을 하게 된 거야."

난 어때? 하고 묻자, 그녀는 말없이 손가락으로 미얀마산 담수어를 가리켰다.

쇼핑 중독에 걸린 남자

| 오리 요리 |　파리에 있는 '투르 다르장'의 유명한 요리로, 피를 뽑지 않고 질식사시
킨 오리를 사용한다. 오리를 질식사시키면 오리의 몸 속에 피가 엉기고 살코기 전체에 피가 배어들
어 철분을 함유한 오리 특유의 풍미가 생겨난다. 먹을 때는 살을 발라내고 나머지 부분을
압축기에 넣어 고기의 맛과 피의 풍미가 가득 배인 즙을 짜내고 거기에 소스를
뿌린다.

　파리에 가면 늘 뤼 드 백의 작은 호텔에 머문다. 오래된 호텔이
지만 지하 바에는 옛날 보헤미안들의 흔적이 남아 있고, 프런트나
포터 모두 손님의 이름을 성의 있게 기억해주는 가족적인 면이
무엇보다 마음에 들었다.

　주위에는 갈리마르를 비롯한 출판사도 많아서, 소설가나 저널
리스트가 주로 이 호텔을 애용하고 있다.

　그 호텔 바로 옆 빌딩에 이탈리안 부티크가 있다. 동양적 분위
기를 풍기는 고가의 니트 제품으로 유명하다.

　폴로 셔츠라도 하나 살까 하고 그 가게에 들어갔다가 일본인을

만났다. 그는 재킷을 입어보고 있었다. 소매가 너무 길고, 색깔도 천도 그에게 전혀 어울리지 않았지만, 그는 그것을 샀다.

점원이 소매를 걷어올리고 핀으로 고정시켜주려고 했지만 필요 없다고, 그는 고개를 가로 저었다. 그 다음에 그는 짙은 갈색과 오렌지색이 복잡하게 뒤섞인 블루종(점퍼 스타일의 짧은 상의 — 옮긴이)에 팔을 집어넣어보더니 그것도 사버렸다. 그리고 스웨터, 카디건, 셔츠, 바지, 넥타이를 비롯한 그가 산 물건이 카운터에 높이 쌓여갔다. 나는 얼이 빠져 멍하니 카운터의 물건더미를 바라보고 있었다. 100만 엔은 가볍게 넘어버릴 양이었다.

남자는 회사원, 저널리스트, 외교관, 당시 파리에 넘쳐나던 단체 관광객, 어느 쪽도 아닌 것 같았다. 부동산 졸부의 아들이나 패션 관계자가 이탈리아 브랜드 제품을 100만 엔 단위로 사들인다는 이야기는 들은 적이 있는데, 과연 이런 식으로 사는구나 하고 감탄하고 있을 때, 금색 크레디트 카드를 손에 든 그가 땀을 닦으면서 웃는 얼굴로 나를 보았다.

"굉장한 쇼핑이네요."

우리는 바로 옆의 카페에 들어가 맥주를 마셨다. 그는 나와 거의 동년배로, 30대 초반 정도로 보였다. 크림색 아마 바지에 방금 산 듯한 녹색 줄무늬가 든 폴로, 구두도 이탈리아제일 것 같은 청색과 백색이 알맞게 섞인 것이었다. 본인은 어떻게 생각하고 있는지 모르겠지만, 패션에 조금이라도 관심을 가진 사람이라면 눈을 돌리고 싶을 정도로 밸런스가 맞지 않았다. 게다가 비싼 이탈리아 브랜드의 로고가 새겨진 쇼핑백을 여덟 개나 들고 있었다. 내가 길을 가다 그를 보았다면 필경 웃어버렸을 것이다. 길가에 면한 카페에서 같은 자리에 앉는 것 자체가 창피할 지경이었지만, 나는 그렇게 미친 듯이 쇼핑을 하는 그 사람에게 흥미가 일었다.

"늘 이렇게 물건을 사십니까?"

그는 나의 질문에는 대답하지 않고, 어느 호텔에 계십니까? 하고 물었다. 바로 뒤라고 하자, 물건을 잠시 맡아달라고 마치 초등학생처럼 머리를 숙이는 것이었다. 일행과 함께 오늘밤 아니면 내일 찾으러 오겠다고 해서 나는 승낙했다.

"고맙습니다. 그런데, 저, 보답이라면 좀 뭣하지만, 오늘밤, 약속이 없으시다면, 같이 식사라도 어떨까요? 실은 투르 다르장에 예약을 해두었습니다. 어제 전화했을 때는 대기예약 상태였지만, 아까 작은 테이블이 하나 비었다는 연락이 있어서, 괜찮으시다면 같이 가시지요."

그는 호텔까지 마중을 와주었다. 회갈색 실크 정장 차림에, 벨벳 나비 넥타이, 구두는 앞이 뾰족한 에나멜이었다. 마치 물랭루주의 코미디언처럼 보였다.

예약 시간은 9시였지만, 창 너머 보이는 센 강에는 아직도 햇살이 남아 있었다.

투르 다르장 안에는 정장을 한 여성들이 뿜어내는 향수와 오리의 피 냄새가 떠돌았고, 손님과 거의 같은 수의 웨이터들이 꼿꼿한 자세로 오가고 있었다. 이런 가게에서 남자 둘이란 너무 어색하다. 내가 그렇게 말하자, 왜 그렇죠? 하고 그는 냅킨을 무릎에 펼치면서 물었다.

"호모라고 생각할 겁니다. 주위를 슬쩍 둘러보세요. 가족끼리거나 회식 아니면 남녀 커플이지요."

"그렇군요. 정말 죄송합니다."

"아뇨, 사과할 것까지는 없습니다. 일행이 있다고 하셨는데? 같이 오실 줄 알았습니다."

"나도 그럴 생각이었지만, 몸이 좀 좋지 않아서."

"부인?"

"아닙니다."

"여성입니까?"

예, 하고 그는 고개를 끄덕였다. 나는 그의 이름밖에 모른다. 명함도 교환하지 않았다. 대낮의 카페에서도, 이곳으로 오는 택시 안에서도, 그는 자신에 대해서는 아무 말도 하지 않았다.

웨이터가 주문을 받으러 왔다. 나는 아티초크(artichoke)와 왕새우 전채, 푸아 그라(foie gras : 거위 간을 와인과 향신료를 넣고 삶아서 식힌 것. 최상품을 오르되브르라고 한다 — 옮긴이)를 조금 시키고, 투르 다르장의 오리를 시켰다. 그는 모든 것을 나에게 맡겼다.

108

우리 바로 곁에는 영국인으로 보이는 가족이 앉아 있고, 대여섯 살로 생각되는 여자애가, 전채를 뭘로 하겠느냐고 묻자, 캐비아! 하고 큰 소리로 말해, 웨이터와 다른 손님들 사이에서 작은 웃음이 번졌다.

"저, 지금, 왜 사람들이 웃어요?"

그가 물었다.

"여자애가 이쁜 짓을 해서 그래요."

"늘 캐비아를 먹는 걸까요?"

"그런 느낌이 드는군요. 옷도 아주 잘 입은 걸로 봐서."

내가 그렇게 말하자 비꼬는 의미로 받아들였는지, 그는 눈을 아래로 깔았다.

"기분 나쁜 꼬마로군."

그렇게 말하고, 그는 여자애를 바라보았다.

"저어, 저렇게 어릴 적부터 캐비아 같은 것만 먹이는 건 좋지 않을 거 같은데요. 버릇없는 사람이 될 것 같지 않습니까?"

"평생 버릇없이 제멋대로 살 수만 있다면, 그것도 나름대로 괜찮지 않겠습니까."

"아, 그것도 그렇군요."

새우와 푸아 그라를 먹으며, 작은 수족관만한 와인 잔으로 포마르(pommard : 부르고뉴산 적포도주 — 옮긴이)를 마시는 사이에 그의 표정은 점점 어두워졌다.

"맛이 없어요?"

"아뇨, 정말 맛있습니다. 지금까지 먹어본 어떤 요리보다 맛있습니다."

"힘이 없어 보이는군요."

"같이 온 사람이 걱정되어서요."

그는 오페라좌에 있는 파리에서 가장 비싼 호텔에 묵고 있었다.

"애인?"

눈을 내리깔고, 푸아 그라를 바른 빵을 씹으면서 그는 고개를 가로 저었다.

"나는 그냥 따라왔어요. 지금, 호텔방에는 오십대의 남자와 사십대의 여자와 이십육 세의 여자가 있습니다. 프랑스 남자와 흑인 여자도 있습니다. 난 따돌림을 당했습니다."

그가 이야기를 시작했을 때, 롤러로 오리 뼈를 바수는 소리가 들렸다. 그는 그쪽을 보고, 골수의 짙은 향기를 맡고, 입술을 약간 비죽거렸다. 그 뒤틀림에서 얼굴 전체로 퍼져나가는 수치심의 징후를 읽어낼 수 있었다. 나는 옛날 히피시절, LSD 때문에 그런 표정을 지으며 자살하거나 발광하는 친구를 몇 명 보았다. 수치심이 팽창하여 그 사람을 완전히 지배해버리는 것이다. 그런 사람을 보면 참을 수 없을 정도로 불쾌하다.

"우리는 어떤 클럽에 소속되어, 같이 놀고 있습니다. 비디오에 출연했더니 스카우트 제의가 들어왔습니다. 클럽에 대해서는 자세히 이야기할 수 없습니다. 믿어주지도 않을 테고, 정치가나 무서운 사람도 있으니까요."

"난교 파티 같은 것?"

내가 그렇게 말하자 그는 비슷한 거라고 말하며 웃었다.

피와 골수 소스 위에 놓인 오리가 날라져 왔다. 우리는 말없이 먹었다. 오리고기를 입에 넣고 있는 것이 아니라, 밖으로 꺼냈다가 잊어버린 자신의 내장 일부를 몸 안으로 다시 집어넣는 듯한 감각이었다.

다음날, 그는 짐을 가지러 왔다. 반은 내가 들고 방에서 복도로 내려가는데, 그가 어젯밤에 말한 그룹에 속한 40대 여자로 보이는 사람이 차에 앉아 있었다. 빨간 노슬립 원피스, 일본 여자로는 드물게 겨드랑이 털을 밀지 않았다.

그는 스웨터 하나를 선물하려 했지만, 나는 거절했다.

"아담하고 좋은 호텔이군요. 어제는 이 사람이 신세 많이 졌습니다."

부인은 창문을 열고 그렇게 말했다. 별말씀을, 하고 나는 저녁 대접을 잘 받았다고 인사를 했다.

그러자 그는, 저런 년에게 인사를 할 필요는 없다면서 갑자기 화를 내더니, 차에 올라타서 부인의 팔을 거칠게 들어올려 겨드랑이 털을 마구 뽑는 것이었다.

선글라스가 벗겨진 그녀의 얼굴에는 어젯밤 그가 보여주었던 그런 수치심이 번져나갔고, 핸들을 잡자마자 그는 인사도 하지 않고 차를 출발시켰다. 바로 그때 나의 뇌리에 무엇 때문인지는 몰라도 '캐비아!' 라고 외치던 여자애의 목소리와 오리 뼈가 롤러에 찌부러지는 소리가 동시에 되살아났다.

트럭 운전사는 삼계탕을 먹었을까?

| 삼 계 탕 | 닭의 내장을 빼내고 그 안에 찹쌀과 인삼을 넣고 푹 곤 한국 음식.

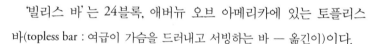

'빌리스 바'는 24블록, 애버뉴 오브 아메리카에 있는 토플리스 바(topless bar : 여급이 가슴을 드러내고 서빙하는 바 — 옮긴이)이다.

올해 들어 영화 일로 자주 뉴욕을 방문하게 되었는데, 우연히 발견한 그 술집이 무척 마음에 들었다.

'빌리스 바'에는 네 명의 댄서가 고정적으로 나온다. 내가 알고 있는 것만도 댄서는 열 명 정도이고, 나이도 생김새도 인종도 가지각색이다. 매일 밤 춤추는 여자도 있고, 주 3회 그것도 심야에만 춤을 추는 여자도 있는 반면, 월요일 밤 10시부터 한 시간만 나오는 여자도 있다.

한 시간 춤추는 그 여자는 내년 3월에 초연될 오프브로드웨이의 오디션에 합격했다는 젊은 댄서인데, 손님들에게 절대적인 인기를 누렸다.

그녀는 흥행주에게 특별 지원을 받고 있어서 돈이 별로 궁하지 않을 터이지만, '빌리스 바'가 너무 마음에 들고, 친숙해진 손님들 때문에 리허설이 없는 월요일 밤만 춤을 추러 오는 것이다.

그녀가 춤추는 월요일 밤 10시가 되면 '빌리스 바'는 거의 공황상태에 빠진다. 토플리스 바의 댄서가 비록 오프브로드웨이의 단역이긴 하지만, 오디션에 합격한다는 것은 뉴욕에서는 거의 찾아볼 수 없는 일이어서, 단골 손님들도 그녀를 무척 기다리는 눈치였다.

다른 댄서는 한창때를 지나 브로드웨이의 무대는 꿈도 꿀 수 없는, 피부가 늘어진 여자들뿐이다.

그러나 댄서들은 이상하게도, 아니 당연한 일인지도 모르겠지만, 닳아빠진 샤기 카펫(shaggy carpet : 털이 3~5센티미터나 되는 융단 — 옮긴이)이 깔린 무대에 서서는 늘 밝게 웃으며 유방과 엉덩이를 흔들어댄다. 무대라는 것은 지극히 특수한 장소인 모양이다.

검은 융단막이 내려오는 슈베르트 극장이건, 천장에서 쥐똥이 떨어지는 토플리스 바이건, 댄서가 라이트와 시선을 받는 데에는 변함이 없다.

그래서 젊은날의 꿈이 깨어지고 새까만 발뒤축으로 춤을 추는

114

여자들이, 오디션에 합격한 젊은 여자를 시기한다는 것은 내가 아는 한 있을 수 없는 일이다.

젊은 그녀는 한국인이었다.

'빌리스 바'에는 다른 두 사람의 동양인 댄서가 있다. 베트남과 필리핀 출신인데, 두 사람의 춤은 단순한 고고에 지나지 않고, 피로에 지친 미국 남성들의 동양 여자 기호를 조금 만족시켜줄 뿐이다.

"저 두 사람은 동양의 수치야, 아가씨는 동양의 자존심이고."

한국인인 그녀에게 나는 그런 말을 한 적이 있다. 아직 그녀가 오디션에 합격하기 전, 아마도 올해 5월이었을 것이다. 5달러만 팁을 주면 댄서가 옆에 앉아 술을 따라준다.

"수치, 자존심, 그게 무슨 뜻인데?"

그녀는 내가 사주는 달콤한 술을 마시면서 그렇게 물었다.

"저 베트남 여자와 필리핀 여자는 춤이 형편없어, 미국인 손님들의 베트남 추억을 자극하는 정도일 뿐이야."

"미국인에게 베트남이란 고통이 아니었을까? 그래서 그들은 저 여자들의 춤을 보면서 조금이나마 위안을 느꼈을지도 모르잖아. 물론 내 춤을 칭찬해주는 건 정말 고마워."

내가 영화 일을 한다고 하자 그녀는 눈을 반짝이며 장난스럽게 웃었다. 영화라는 말을 듣고 일순간 흥분을 느꼈다가, 내가 스크립트 라이터치고는 너무 젊어서 거짓말인 줄 알았을 것이다. 일본인은 보통 10년은 젊어 보인다. 수년 전, 역시 영화 일로 LA의 변호사 사무실을 방문했을 때, 로비에서 담배를 피우고 있었더니, 어른이 되면 피워요, 하고 아줌마 비서에게 야단을 맞은 적이 있다.

"어떤 영화를 만드는데?"

명함을 보고 나를 신용한 듯 그녀는 두 잔째 술을 홀짝이며 노골적인 관심을 보였다.

"주인공은 트럭 운전사야."

"〈콤보이〉 같은 것? 액션 영화인 모양이네."

"아냐, 그 트럭 운전사는, 뭐라고 할까, 심한 자폐증 환자인데, 그는 도로를 싫어해."

"도로를 싫어하다니, 좀 이상한 사람인 모양이군."

"모형을 만들어."

"그가?"

"응, 그는 미국 전역을 나타내는 커다란 모형을 방 안에 가득 채워두고, 자신이 달리는 도로, 모텔, 주유소 같은 것들을 정확히 배치하는 거야."

"그럼 결혼도 안 했겠네?"

"안 했어, 그건 왜 묻지?"

"결혼해서 아이가 있으면 방 안에 모형을 놓아둘 수 없잖아? 장난쳐서 부숴버릴 테니까."

116

"맹점이란 말, 알아?"

"블라인드 스폿? 알고 있어, 일본식 표현인 줄 아는데? 뭔가를 놓친다는 뜻?"

"맞아, 그렇지만 내가 말하는 것은 생리적인 의미의 블라인드 스폿이야. 망막상의 한 점인데, 그 트럭 운전사는 미국 도로의 완벽한 모형을 만들려고 하지만, 기억이 일부 잘려나가고 없는 거야."

"그건 이상해."

"응, 우리처럼 이렇게 빌딩만 가득한 도회지에 사는 인간은 알 수 없을 거야. 그는 아무것도 없는 하이웨이만 달리는 사람이야, 주위에는 아무것도 없어, 오로지 사막과 약간의 선인장과 도로, 늘 같은 풍경이 이어지는 거지."

"그건 나도 알아, LA에서 그레이하운드를 타고 동부 쪽으로 왔으니까."

"그는 그런 풍경을 정확하게 머릿속에 그리고 나서, 아파트 방에 앉아 모형을 만드는 거지, 그러면서 죽 이어져야 할 사막과 도로의 영상이 늘 몇 군데 짧은 순간 잘려나간다는 것을 알게 돼, 그의 일상이란 트럭 안과 아파트밖에 없고, 머릿속에는 늘 모형 만드는 일밖에 없어. 그래서 도로의 영상이 잘려나갔다는 사실을 금방 깨닫게 되는 거야."

"눈이 나쁜 모양이군."

"그 잘려나간 영상을 그는 블라인드 스폿이라고 생각해. 그리고 그는 그 블라인드 스폿 그 자체의 모형을 만들자고 결의하는 거지."

"그 사람, 눈이 나쁘다고 생각지 않아?"

"눈이?"

"응, 피로하면 시력이 약해져. 몰라? 나도 눈이 피로해지기 쉬운 타입인데, 그럴 때면 삼계탕을 먹어."

"삼계탕?"

"응, 알고 있지?"

"서울에서 먹어본 적이 있어."

"고려 인삼이 눈에 좋아."

삼계탕이란 닭 요리의 일종이다. 닭 한 마리를 그대로 넣고, 그 속에 찹쌀과 인삼을 넣고, 수프를 부어 몇 시간 푹 삶은 것으로, 그걸 먹으면 감기도 낫는다고 한다. 수프는 담백한데, 닭은 젓가락만 갖다대도 살이 떨어질 정도로 부드럽게 삶아져 있고, 인삼의 강렬한 향기도 풍기는, 단순한 음식이 아니라, 생명을 입 속에 넣는 듯한 느낌을 준다.

"그래, 삼계탕을 먹으면 좋겠어."

나는 그렇게 말했다.

공간을 가득 메운 손님들이 박수를 치며 길을 열어주는 가운데,

그녀는 몸에 착 달라붙는 합성가죽 수트와 핑크빛 레그 워머(leg wamers : 장딴지 보온을 위한 원통형의 니트 제품 — 옮긴이) 차림으로 '빌리스 바'에 모습을 드러내고, 무대로 올라가, 예전처럼 약간 부끄러움을 타는 듯한 손짓으로 브래지어를 벗고, 20분 정도 춤을 추었다.

춤이 끝나고, 손님들의 열렬한 박수 세례를 받는 그녀와 눈길이 마주쳤다.

축하해, 하고 내가 맥주 조끼를 눈 높이까지 들어올리자, 그녀는 내 얼굴이 기억난다는 듯이 미소를 보내며 고개를 끄덕였다.

그녀는 '빌리스 바'에는 한 시간밖에 머물지 않았다. 다시 박수를 받으며 빌리스 바를 나설 때, 트럭 운전사는 삼계탕을 먹었어? 하고 나에게 물었다. 먹었지, 하고 대답하자, 나도 사흘에 한 번 먹어, 하고 36번가에 있는 한국 식당을 가르쳐주었다. 〈블라인드 스폿〉이라는 영화는 거의 진행되지 못하고 있는 상태였다. 트럭 운전사가 만드는 블라인드 스폿 그 자체의 모형 이미지를 잡을 수 없었기 때문이다.

오랜만에 그녀의 미소를 보고 나는 추상적인 것이 되리라 생각했던 이미지 모형을 좀더 구체적이고 긍정적인 것으로 만들어야겠다고 생각했다. 블라인드 스폿은 행복의 상징이어야 한다.

삼계탕은 펄펄 끓는 뚝배기채로 테이블에 올라온다. 펄펄 끓는 우윳빛 수프 안에, 닭은 마치 거대한 바위산처럼 솟아올라 있다.

젓가락을 갖다대면 껍질이 벗겨지고, 살이 뼈에서 떨어져나와, 쫀득하고 하얀 덩어리로 변한 찹쌀과 함께 수프 속에 녹아든다. 봄에 녹아내리는 빙산처럼.

녹아내림이 그냥 그대로 행복으로 변해버리는 추상물, 블라인드 스폿의 이미지는 그런 것이어야 한다고 나는 생각했다.

낡은 트렁크에 얽힌 로맨티시즘

| **바닷가재 요리** | 바닷가재를 삶은 것으로 가재의 껍질을 깨고 그 속의 살을 먹는다.

비행기 시간을 착각하여 출발 다섯 시간 전에 나리타 공항에 도착하고 말았다.

공항 가까운 호텔에서 잠깐 눈을 붙이기에는 너무 어중간한 시간인 데다, 식욕도 없고 해서, 체크인 카운터 앞 의자에 앉아 망연히 시간을 죽이고 있었다.

이른 아침시간 탓인지, 아니면 여행 시즌이 아닌 때문인지, 사람도 거의 없었다.

숙취와 수면 부족과 감기 기운으로 머리 속은 망가진 선풍기가 빙빙 돌아가는 듯했다. 책을 읽을 형편도 아니고, 바로 앞의 은행으로 돈을 바꾸러 가고 싶지도 않아서, 왜 이렇게 맛이 없어, 하고 내심 불평을 하면서 담배를 피우고 있었다.

두 개비째 담배를 피우고 있을 때, 나이를 짐작하기 어려운 둥근 얼굴의 여자가 내 옆자리에 앉았다.

나이를 알 수 없는 것은 복장 때문이기도 하였다. 보통의 진에 보통의 스웨터, 팔에 머플러와 코트를 걸치고, 분주하게 주위를 살피고 있었다.

눈이 마주치자 웃으면서, 어디 가세요? 하고 말을 걸어왔다. 그 웃음 때문에 좀더 젊어 보였다. 그래도 20대 후반 정도는 되어 보였다.

"파리입니다." 하고 대답하자, 그녀는 왠지 반가운 표정으로 다시 한 번 웃었다.

"체크인은 하셨어요?"

"출발시간을 착각해서, 너무 빨리 와버렸어요."

"나도 그래요."

그녀는 벨기에행 비행기를 손가락으로 가리켰다. 그 편도 분명 출발시간까지는 상당히 남았지만, 파리행보다는 훨씬 나은 편이었다.

"파리에는, 일보러 가세요?"

"그래요, 일이 있어서 이틀 정도 머물 생각이죠."

"자주 가세요?"

"아뇨, 유럽보다는 미국에 자주 가는 편입니다."

"실례지만, 어떤 일을 하세요?"

"영화 관계."

"멋지네요."

"귀찮은 일이 많아요."

"파리에서 영화를 찍어요?"

"아뇨, 이번에는 미국을 제외한 세계의 영화관계자들이 모인 심포지엄이 있어서."

"그런 모임은 자주 있나요?"

"난 처음이오."

잘 웃는 여자였다. 모르는 사람과 이야기할 때도 미소를 잊어서는 안 된다고 어릴 적부터 교육이라도 받은 모양이라고 생각했다. 그리고 무척 사람을 기분 좋게 하는 미소였다.

내가 〈미션〉이라는 로버트 드 니로 주연의 영화 이야기를 하고 나자, 그녀는 의자 곁에 둔 가죽 트렁크를 가리키며, 저, 잠시만 봐주시겠어요? 하고, 화장실과 레스토랑이 있는 쪽으로 걸어갔다. 도중에, 한 번 나를 돌아보고 예의 그 화사한 미소를 보내더니, 깊이 머리를 숙였다.

그 인사의 의미를 알 수 없었다. 그녀는 한 시간 후에도 돌아오지 않았다. 로비를 오가는 사람들이 늘어나서, 나는 그 트렁크를 내 앞으로 당겼다. 트렁크는 이상할 정도로 가볍고, 가방 밑에는 작은 메모지가 놓여 있었다.

'죄송하지만, 이 트렁크를 센 강에 버려주세요. 트렁크에는 위험한 물건은 하나도 들어 있지 않습니다. 비었습니다. 가능하다면 퐁네프라는 다리 위에서 버려주시면 고맙겠습니다.'

그것은 갈색 가죽이 군데군데 벗겨진 오래된 트렁크였다. 손잡이에는 수리한 흔적이 남아 있었고, 주인의 이름 같은 어떤 표시도 없었다. 나는 숙취와 수면 부족과 감기 기운이 감도는 머리로, 혹시 아기의 시체라도 들어 있는 건 아닐까 하고 트렁크를 흔들어보았다. 아무것도 들어 있지 않았다.

다른 사람의 트렁크를 파리까지 옮겨서 센 강에 버린다, 그런 기묘한 부탁은 보통 무시해버리지만, 아마도 그녀의 그 화사한 미소가 효과를 발휘한 탓일까, 나는 내 짐과 함께 파리행 카운터에 맡겼던 것이다.

샤를 드골 공항에 마중나온 친구가 가죽 트렁크를 들고, 이건 뭐야? 하는 표정을 지었다. 그는 파리에 사는 아일랜드인 영화 프로듀서인데, 낡은 트렁크의 유래에 대해 이야기하자, 지금 파리는 예의 테러소동으로 경비가 삼엄한데, 그것을 퐁네프에서 센 강으로 던지다가 들키기라도 하면 틀림없이 체포될 거라고 나에게 충고했다.

공항의 주차장에 놔두면 되지 않을까, 경찰이 알아서 처리해 줄 테니까…… 그의 말에도 일리는 있었지만, 동그란 얼굴에 번지던 그녀의 미소를 잊을 수 없었고, 출발 전 몇 시간을 함께 보낸 낡은 트렁크에 애착을 느끼기 시작한 나는 내 짐과 함께 호텔로 가지고 갔다.

호텔이 위치한 생제르맹 데 프레에서 퐁네프까지는 걸어서 몇 분 거리지만, 낮에는 통행인들이 많아서 센 강에 버린다는 것은 불가능한 일이었다.

심포지엄이 끝나고, 나는 친구와 그의 걸 프렌드 스웨덴 아가씨와 셋이서, 퐁네프 바로 곁에 있는 24시간 영업하는 레스토랑으로 갔다.

유명한 레스토랑인 것 같았다. 가게 주인의 친구인 화가가 그린 저명인의 초상화가 벽에 걸려 있었다. 사뮤엘 베케트, 사르트르, 헨리 밀러, 아인슈타인. ……고기와 채소 시장에 가까워서 오전 4시경에 일을 끝낸 납품업자들이 간으로 만든 파테와 양의 뇌를 열심히 먹고 있었다. 테이블과 테이블 사이도 좁고 웨이터도 몇 안 되지만, 가격은 결코 싸지 않았다.

우리는 삶은 가재를 먹었는데, 정말 맛있었다. 처음 한 입에 흥분하였고, 아름다운 껍질을 깨는 손이 부들부들 떨릴 정도였다. 스웨덴 아가씨는 바닷가재를 잘 모르고 있었다. 입가에 마요네즈를 묻히고 여왕이 된 듯한 기분이라고 뿌듯해했다. 그녀는 모델 지망생이라 한다. 아마도 10대일 것이다. 그녀가 전화를 걸기 위해 자리에서 일어나자, 의외라고 생각지 않아? 하고 친구는 나에게 윙크를 보냈다.

친구는 30대 초반인데, 자기보다 나이 어린 여자를 피하는 이상한 습벽이 있었다.

"저 여자, 십대 같은데?"

"그래, 저런 애는 처음이야, 모델이 될 만해 보여?"

"얼굴과 키는 문제가 없지만, 자세가 문제야, 게다가."

"게다가 뭐?"

"미소가 부족한 것 같지 않아?"

내가 그렇게 말하자 친구는 웃었다.

"어떤 레스비언 노배우가 억지로 내게 떠맡겼어. 젊은 아가씨도 좋다는 생각을 하게 될 줄은 나도 몰랐지. 처음에는 그 노배우와 셋이서 했지만, 그러는 사이에 비로소 젊은 여자의 피부도 정말 괜찮다는 사실을 깨닫게 된 거야."

"왜 젊은 여자를 싫어했을까? 옛날에 한번 들었던 것 같은데."

"나는 아일랜드에서 혼자 왔으니까 여러 가지를 배워야만 했어. 젊은 여자는 아무것도 몰라, 저 애도 봐, 바닷가재도 모르잖아."

가재를 모르는 것은 세계를 모르는 것과 마찬가지라고 친구는 말했다.

늘 그렇듯이 디스코테크와 클럽을 거쳐 깊은 밤에 호텔방에 돌아오자 어두컴컴한 조명 속에서 낡은 트렁크가 나를 기다리고 있었다.

나는 마치 테러리스트처럼 긴장하면서 호텔을 나와 바로 택시를 잡고, 퐁네프의 한 블록 앞에서 내려, 얼어붙은 난간을 붙들고 어두운 센 강에 트렁크를 던져넣었다. 의외로 소리가 작아 물새들도 잠깐 날개를 퍼덕이며 놀랄 정도였을 뿐이었다.

일주일이 지나 친구가 다시 공항까지 전송을 나왔다. 트렁크가 없는 것을 보고, 버렸어? 하고 물었다. 나는 고개를 끄덕였다.

"열어보았더니, 안에 작은 유화가 한 점 들어 있었어."

"유화?"

"퐁네프를 그린 그림인데, 액자도 없, 형편없는 그림이었어."

"그 그림은?"

"함께 버렸어."

트렁크를 열고 그 그림을 보았을 때, 술에 취한 나는 가재의 맛을 떠올렸다. 그리고 이상하게도 아버지 생각이 났다. 아버지는 화가였는데 30년 전에 파리에 와본 적이 있다. 짧은 체재기간이었지만, 그 후 아버지는 파리 풍경을 그리기 시작했다. 어릴 적, 우리집에는 아버지가 그린 파리가 가득했다. 뤽상부르 공원, 사크레쾨르, 노틀담, 에트왈, 나는 그런 것을 보며 자랐기 때문에 현실의 파리에 대해서도 애착을 가지고 있다.

아버지는 아마도 겨울 가재를 먹어보지 못했을 것이다. 파리는 아직도 아버지 같은 무명 청년을 끌어당기는 힘을 잃지 않고 있는 것이다.

트렁크는, 얼굴이 동그란 그 여자의 아버지 아니면 할아버지의 것이고, 최근에 세상을 떠나지 않았을까 하고 나는 제멋대로 상상해보았다. 그는 화가 지망생이었고, 퐁네프를 주로 그렸다. 그는 화가로서는 성공하지 못했다. 그래도 그는 행복하게 살면서 미소를 잃지 않도록 그녀에게 가르쳤다. 젊은날의 추억이 담긴 트렁크를 센 강에 버려달라는 유언을 남겼다. 또는 죽은 그를 사랑했던 얼굴이 동그란 그녀가 추억이 어린 트렁크를 그냥 버릴 수 없어 센 강에 떠내려보내고자 했다. ……그런 이야기를 하자 아일랜드인 친구는 그런 로맨티시즘을 빨리 버리지 않으면 영원히 멋진 영화를 만들 수 없어, 하고 웃었지만, 트렁크의 주인이 겨울 가재를 먹어보지 못했을 거라는 나의 의견에 대해서만은 동의해주었다.

멋진 지옥

| 오므라이스 | 일본에서 만들어진 양식으로 케첩을 뿌린 밥을 얇게 구운 달걀에 말
아놓은 음식.

폭포로 유명한 이과수는 국경 도시이기도 하다.

이과수 강, 파라나 강을 경계로 하여 아르헨티나와 파라과이가
접해 있다.

우리는 간단한 비디오 작품을 찍기 위해 그곳을 방문했다. 10
대 여가수의 프로모션 비디오를 찍는 것이다.

17세 아가씨의 별볼일 없는 노래를 위해 일부러 지구의 반대편
까지 갈 필요가 있을까 하고도 생각했지만, 외화 획득을 위한 정
책 때문인지 브라질은 지구상에서 가장 촬영에 잘 협조해주는 나
라이고, 인건비도 싸고, 항공회사와 기획만 잘 짜면 요즘 유행하는

CG(Computer Graphics)보다 훨씬 싸게 들기 때문에 가기로 했다.

거대한 폭포를 배경으로 여자애가 노래를 하는 단순하기 그지없는 컨셉이었다.

여가수의 노래는 〈멋진 지옥〉이라는, 마치 랭보를 연상시키는 타이틀에 비해 내용이 너무 평범해서 흥미를 느낄 수 없었지만, 나의 상상을 훨씬 뛰어넘는 폭포의 위용이 유일한 위안거리였다.

이과수 폭포는 브라질과 아르헨티나가 분리되는 300개가 넘는 크고 작은 폭포군으로 형성되어 있다.

그 폭은 4킬로미터에 달하여, 나이아가라나 빅토리아에 비할 바가 아니다. 폭포는 꼭대기에서 헬리콥터로 내려다보면 U자형이고, 그 가장 구석진 곳에 '악마의 목'이라 불리는 큰 폭포가 있다.

폭포 위는, 강이 아니라 마치 호수처럼 넓었다. 파도도 없고 물살의 흐름도 느껴지지 않는다. 폭 1미터 정도의 콘크리트 다리를 걸어서 '악마의 목' 쪽으로 가면 제트기의 폭음 같은 폭포소리가 들려오고, 마치 건너편에 화산이 있는 것처럼 저 높은 하늘로 수증기가 뿜어나오고 있다.

그리고 폭포는 갑자기 시작된다.

그 경관은 보는 자로 하여금 일순간 이 세상의 모든 형용사를 잊게 한다. 도저히 이 세상의 것이라 믿을 수 없는 광경이 펼쳐지는 것이다.

17세의 소녀는 '악마의 목'에 설치된 전망대 위에서 예쁘게 춤을 추며 붕어처럼 입을 뻑뻑 움직인다. 우리는 그녀가 물방울에 젖지 않도록 하기 위해 두터운 비닐 시트를 높이 쳐두어야 했다. 각국에서 온 관광객들은 거대한 폭포를 배경으로 왜 소녀가 춤을 추는지 이해할 수 없다고 열심히 고개를 갸웃거렸고, 어떤 사람은 무슨 촬영을 하느냐고 일부러 물어보기도 했다.

촬영 이틀째 밤, 현지 가이드가 일본식 레스토랑으로 안내해주었다. 이과수는 인구 15만의 도시인데, 일식집은 없다.

엘스트레오네는 파라과이 쪽에 있어서 거기로 가려면 파라나강에 걸린 다리를 건너 국경을 넘어야 한다.

엘스트레오네는 면세점이 모여 있는 곳이다. 30분만 지나면 못쓰게 되는 가짜 카르티에를 파는 노점이 늘어서 있고, 브라질에서는 거의 손에 넣을 수 없는 스카치나 코냑이 무관세로 팔리고, 진짜 브랜드 제품을 파는 고급가게도 몇 있다. 가게가 문을 닫는 일요일과 심야를 제외하고 거리는 늘 사람으로 붐비고, 물품을 들고 오는 사람 들고 가는 사람이 다리 위를 가득 메우고, 세관 주위는 빵빵거리는 자동차 소리로 마치 전쟁터를 방불케 할 정도로 시끄럽다.

"무지개 보셨어요?"하고 소녀가 다리 위에서 꼼짝도 하지 않는 차 안에서 내게 물었다.

"폭포의 무지개?"

"예, 보셨어요?"

"보았지, 당연히, 늘 서 있으니까."

"그것, 찍힐까요?"

"카메라에? 응, 물론 찍히지."

아, 다행이야, 너무 아름다웠어, 하고 말하며 소녀는 웃었다. 그녀는 촬영 틈틈이 부모에게 보낼 엽서를 썼다. 예쁜 글자로, 때로 동물이나 자신의 얼굴 일러스트를 넣었고, LA나 리우데자네이루에서도 시간만 있으면 엽서를 썼다.

10킬로미터 안 되는 거리를 1시간이나 들여 일본식 레스토랑에 도착한 후, 소녀는 메뉴를 보고, 와! 오므라이스도 있네! 하고 기쁘게 외쳤다.

그 다음날 밤에도 소녀의 요청으로 파라과이의 일본식 레스토랑으로 갔고, 그녀는 또 오므라이스를 먹었다.

돌아오는 차 안에서 그림 엽서는 몇 장이나 썼니? 하고 물어보았다.

"여섯 장 썼어요."

"전부, 아빠와 엄마에게?"

"그래요."

"효녀로군."

"멀리 와 있으니까 걱정도 많으실 테고, 게다가, 엽서 한 장으로는 폭포가 얼마나 대단한지 모르잖아요, 예쁜 새와 동물도 있고,

우리 가족은 모두 동물을 좋아해요."

"보이 프렌드에게는 보내지 않니?"

"오빠에게는 보낼 거예요."

"아, 오빠가 있구나, 왠지 그런 느낌이 들었어."

소녀는 잠시 입을 다물고 눈을 내리깔더니, 작은 목소리로, 주소를 몰라요, 하고 말했다. 그러니, 하고 나는 모호하게 대답하고, 다리 아래서 잡힌다는 도라도(dorado)라는 황금색 물고기로 화제를 옮겼다. 주소를 몰라요, 라는 소녀의 말에 왠지 모를 짙은 외로움이 배어 있었기 때문이다.

"도라도는 연어와 비슷한데, 몸이 전부 황금색이야. 도라도는 스페인어로 황금이라는 뜻이지."

"본 적 있으세요?"

"사진으로 봤어."

"여기서 잡힌대요?"

"응, 옛날보다 줄어들기는 했지만, 잡을 수 있대."

소녀는 창 너머로 거리와 다리의 불빛을 반사하는 어두운 강을 조용히 바라보면서, 한 번 봤음 좋겠어, 하고 중얼거렸다.

그 다음날 밤에도, 또 그 다음날 밤에도 소녀는 파라과이로 가자고 말했다. 사흘까지는 스태프들도 정말 오므라이스를 좋아하는 모양이라고 쓸쓸하게 웃으면서도 고분고분 요구를 들어주었지만, 나흘째까지 계속되자 모두들 싫은 표정을 지었다. 가이드까지 머리를 긁적이면서 시선을 아래로 깔아버리고 마는 것이다. 맛이 없어서가 아니라 메뉴가 너무 한정되어 있어서 모두 지겨워졌던 것이다. 복잡한 다리의 교통상황이나 거리를 메운 사람들, 매일 계속되는 촬영에 지친 탓에 그것이 더 싫어졌던 것이다.

저, 나, 혼자서 택시를 타고 가면 안 될까요? 하고 소녀는 말했지만, 매니저에게 심하게 야단을 맞고 눈물을 뚝뚝 떨구며 울고 말았다.

이대로 방치해두면 결국 제멋대로 까부는 시건방진 가수가 될 것이라고 주장하는 매니저를 설득하여, 내가 데리고 가게 되었다. 사실은 나도 그 레스토랑의 생선 튀김이 먹고 싶다고, 나는 매니저에게 거짓말을 했던 것이다.

"그렇게 오므라이스가 맛있니?"

기쁜 표정으로 열심히 숟가락질을 하는 소녀에게 내가 물었다.

"예, 좋아해요. 그렇지만, 오므라이스는 정말 만들기가 귀찮아요. 그래서 스카이락이나 데니즈 같은 델 가면 메뉴에도 없어요."

"파라오에는 있어."

"그런 체인점도 있어요?"

"체인점이 아니고 섬 이름이야. 괌 부근에 있는 섬인데, 옛날의 일본군 기지가 있어서 일본인이 많이 찾아오니까, 지금도 레스토랑의 메뉴에 남아 있지."

"괌이라면 촬영하러 가본 적이 있어요."

"꿈에서도 그림 엽서를 썼니?"

소녀는 부끄럽다는 듯이 어깨를 으쓱하면서 고개를 끄덕였다.

"역시 그랬구나, 몇 장이나 썼니?"

"두 장. 바다와 야자수밖에 없어서, 별로니까요. 그렇지만, 천재라고 생각지 않으세요?"

"천재?"

"오므라이스를 발명한 사람 말예요. 밥에다 케첩을 뿌리고 얇게 구운 달걀에 말잖아요. 정말 대단한 아이디어라고 생각해요. 예쁘잖아요."

"옛날부터 좋아했니?"

"우리집은 별로 부자가 아니라서 가족끼리 초밥 같은 것을 먹으러 자주 나가지 못했어요. 일요일에는 백화점 아케이드에 있는 식당가로 가는데, 우리 가족이 늘 가는 식당이 있어요. 그 집에는 내 또래 아이가 하나 있고, 그 아이는 소아마비예요. 그 가게 주인이 아버지와 친구라서, 일요일에는 늘 그 식당으로 갔어요. 아버지는 부끄럼을 잘 타는 사람이라 모르는 식당에는 잘 가지 않아요. 그래서 말이죠, 늘 정해져 있어요. 아버지는 볶음밥, 오빠는 카레라이스, 어머니는 해시라이스, 오빠는 중학생이 되고부터 카레라이스와 우동을 한꺼번에 먹었어요."

나는 그 식당과 이 파라과이의 식당 분위기가 닮았을 것이라고 생각했다.

"그래서 너는 늘 오므라이스로구나."

"그래요, 내가 주문을 하니까 점원이 작은 깃발을 꽂아주었어요. 다른 사람에게는 꽂아주지 않았는데."

바로 그때 입구 문이 열리면서 현지인 소년이 비닐 봉지를 들고 들어왔다. 비닐 봉지에는 황금색 물고기가 들어 있었다. 낚아 올린 도라도를 팔러 온 것 같았다.

소녀는 환성을 지르면서 황금 물고기를 보더니, 빨리 빨리, 하고 나를 불렀다. 상처 입은 턱에서 한 줄기 피가 흘러내리고 배 부분은 검붉게 굳어 있었다.

도라도를 손에 든 소년과 우리는 기념 사진을 찍었다.

〈멋진 지옥〉은 그렇게 히트를 치지는 못했지만 소녀는 그 후에도 몇 장의 레코드를 발매하고 때때로 텔레비전에 출연하기도 한다. 사진을 보내줘 받았을 때 한 번 전화를 걸었다.

"그 다음에도 오므라이스 먹었니?"

아뇨, 하고 그녀는 말했다. 도쿄에는 정말 오므라이스가 없어요. 그때 많이 먹어둔 게 정말 다행이었어요……

차가운 게살은 침묵을 강요한다

| 스톤 크랩 요리 | 게 요리로 딱딱하고 두터운 껍질 속의 게살을 뜨거운 버터
나 머스터드 소스에 적셔 먹는데, 게살은 부드럽고 혀가 얼얼할 정도로 차갑다.

뉴욕에서 일을 끝내고 나는 플로리다로 향했다. 탬파까지 이스
턴 항공으로 가서 렌터카를 타고 디즈니 월드를 견학하고 나서
마이애미에 도착했다. 디즈니 월드의 자랑거리는 에프코트센터라
는 미래영상 섹션이다. 입체영화, 구면 스크린, 360° 프로젝터, 거
기에다 컴퓨터 장치를 단 인형이 있다. 나는 대량의 코카인을 들
이키고 12시간 동안 둘러보았다. 하루에 영화를 10편이나 연속적
으로 본 듯한 느낌이었다. 안구가 메마르고 눈꺼풀이 파르르 떨
렸다.

마이애미 비치는 뉴욕의 맨해튼과 거의 같은 면적의 좁고 길다

란 섬이다. 몇 년 전까지만 해도 중남미에서 온 이민들이 북적대는 폭력과 범죄의 거리였다. 4년 전부터 마이애미 시경에 의해 정화가 진행되면서 거리에서 흑인과 푸에르토리코 사람들이 추방되었다.

지금은 백인 노인들이 여생을 보내는 옛날 모습을 되찾아가고 있다.

나는 뉴욕, 마이애미, 콜롬비아를 연결하는 코카인 루트의 다큐멘터리 프로그램을 위한 조사를 겸하여, 옛날 친구를 만나러 온 것이다.

친구의 이름은 이글레시오, 아르헨티나 태생의 미국인이다. 11년 전에 내가 처음으로 뉴욕을 방문했을 때 알게 되었다.

그는 이탈리아 피가 섞인 라틴계로, 오믈렛 전문 레스토랑을 가지고 있고, 미시마 유키오의 애독자이며, 호모였다. 우리는 서로 아는 친구의 소개로 알게 되어, 두 번 같이 식사를 했다. 한 번은 업타운의 초밥집, 그 다음은 이탈리안 레스토랑에서였다.

뉴욕에 갈 때마다 반드시 한 번은 만나서 그에게서 이런저런 정보를 얻는다. 예를 들면 새로운 디스코테크나 클럽, 레스토랑, 모로코 패션의 부티크, 이스트 강을 떠다니는 플라네타륨 보트 같은 것인데, 이글레시오의 유행에 대한 감각은 다른 어떤 사람과도 비교할 수 없을 정도로 탁월했다.

이글레시오는 6년간 뉴욕에서 살았고, 1년 반 정도 밀라노에서 보냈고, 쇼 기획 때문에 도쿄를 방문한 적도 있었다. 그 이후 마이애미로 옮겨온 것이다.

"몇 년 만이야? 삼 년 정도 만나지 못한 것 같은데?"

내가 마이애미에 도착한 지 사흘째, 샴페인을 들고 호텔에 나타난 이글레시오는 악수를 청하면서 그렇게 말했다.

"여하튼 마이애미에서 만나는 것은 처음이야."

이글레시오는 천천히 또렷한 발음으로 영어를 한다. 내 영어실력을 고려하기 때문인데, 그것은 또한 게이의 특징이기도 하다.

"지금은 난 가게도 없이 유태인의 부티크를 맡아 하고 있어. 경영에는 직접 관계하지 않으니까 편하다면 편하다 할 수 있지. 생활 어딘가에 작은 구멍이 하나 뚫린 것 같아서 만족스럽지는 못해. 하기야 모든 것을 만족시킨다는 건 어려운 일이니까."

모든 것을 만족시킨다는 건 어려운 일이니까, 그것은 이글레시오의 입버릇이었다. 그가 쇼 때문에 도쿄에 왔을 때, 아오야마의 초밥집에서 그것에 대해 깊이 이야기를 나눈 적이 있다.

모든 것을 바라는 것은 신이 되려는 것이며, 그런 것이 가능한 사람은 어린아이와 극소수의 예술가뿐이다, 모차르트, 도스토예프스키, 비스콘티, 그들은 모든 것을 바랐고 또 그것을 손에 넣었다, 그러나 나는 그들처럼 살고 싶지 않아, 그들은 완전을 추구하기 위해 비참을 받아들였어, 그들에게는 댄디즘이 없잖아? 자신에게 뭔가가 결핍되어 있음을 인정할 때 비로소 댄디즘이 생겨나는 거야, 자네는 자신의 영상에 모든 것을 추구한다고 말하지만, 그것은 비참하고 우스꽝스런 일일 뿐이야. 자네는 그걸 알고 있을 테니까 구제받을 수 있겠지. 입으로는 부정하지만, 자네는 그것을 알고 있단 말이야. ……이글레시오는 나보다 세 살 아래로 막 서른이 되었을 뿐이지만, 덩치가 큰 백인이라는 점을 감안하더라도 얼굴이 겉늙어 보였다. 이글레시오는 스쿼시와 라켓 볼의 명수이고, 테니스와 골프도 잘 치고, 파워 보트의 운전도 할 수 있는 스포츠맨이라 근육도 팽팽하고 아랫배에 기름도 끼지 않았다. 얼굴에 주름이 많은 것도 아니지만, 그래도 늙어 보이는 것은 뭔가를 체념한 인간 특유의 표정이 그의 얼굴을 지배하고 있기 때문일 것이다.

맛있는 거라도 먹었어? 하고 이글레시오가 물었다. 아직, 하고 내가 대답하자, 스톤 크랩을 먹으러 가자면서 샴페인을 목 안으로 부어넣고 자리에서 일어섰다.

차는 86년형 캐딜락이었다. 뉴욕에서는 코르베트의 스포츠카를 탔었다. 왜 유럽 차를 타지 않느냐고 물은 적이 있다. 나는 유럽 차의 스타일과 댄디즘에 관한 강의를 기대했지만, 그는 그냥 '난 미국인이니까.' 하고 대답했을 뿐이다.

그 식당은 마이애미 비치의 남쪽 끝에 있었다. 조스 스톤 크랩이라는 식당이었다. 막 5시를 넘긴 시각임에도 100석 정도 되는 테이블은 손님들로 가득하고, 우리는 대기자 명단에 이름을 적은 후, 바 라운지에서 칵테일을 마시며 자리가 나기를 기다렸다. 나는 컴프리를, 이글레시오는 진 토닉을 마셨다.

바 라운지의 바텐더의 태도와 손님을 다루는 솜씨만 보아도 그 레스토랑의 격을 알 수 있다. 조스 스톤 크랩은 초일류인 것 같았다.

"손님들을 봐, 모두 부자들이야. 자네도 다른 가게에 가보면 알 수 있어. 가이드북에 나와 있는 몬티스나 벰스 같은 델 가보면 한 결같이 슈퍼마켓 점원이나 트롤링 보트의 보이 같은 인종들뿐이고, 호텔 레스토랑은 그런대로 괜찮지만 관광객이나 가는 곳이지, 그 외의 가게도 쓰레기들뿐이지만, 그래도 푸에르토리칸이나 흑인은 없어. 마이애미는 멋진 곳이야."

30분 정도가 지나자 바 라운지도 대기 손님으로 가득 찼다.

"이곳 손님은 크게 세 부류로 나눌 수 있어. 우선 다운타운의 은행가들, 마이애미는 미국 제2의 은행도시니까, 또 자네와 같은 황색 얼굴의 은행가도 있지. 나머지 태반은 마이애미 비치에 콘도미니엄이나 별장을 가진 노인들이야, 이 거리에서는 노인이 존경받아, 누가 뭐래도 노인의 거리니까. 세번째는 놀기만 하는 젊은이들인데, 아마 우리도 그 부류에 속할걸. 포트라다델이나 팜비치에서 일부러 오는 놈들도 있지, 뜨거운 햇살과 코카인 탓에 피부가 거칠어, 그들이 끼고 오는 화려한 여자들은 모두 코카인 귀신

들이지, 코카인과 요트라면 개미처럼 몰려드는 여자들은 모두 사치와 섹스의 달인이라고 보면 돼. 매춘부보다 더 잘해. 그런데, 왜 이 레스토랑에서만 이렇게 맛있는 스톤 크랩이 나오는지 알아?"

나는 고개를 가로 저었다.

"간단해. 플로리다 바다에서 잡히는 양질의 스톤 크랩은 한정되어 있는데, 이 가게가 모두 사버리기 때문이야. 그리고 한 가지 가르쳐주지. 플로리다처럼 아열대 리조트에서는 컴프리가 안 맞아. 컴프리는 역시 산레모나 모나코 같은 건조한 리조트의 음료수로 제격이야. 여기서는 누가 뭐라 해도 진이야. 그것도 고든이나 비피타는 안 돼. 식민지 지배의 천재 영국 사람들처럼 봄베이 진을 마시는 게 제격이지."

테이블에 자리를 잡고, 이글레시오가 고른 와인은 휴 브랑크의 엑스트라 드라이였다. 생굴과 대합, 그리고 대합 수프는 원조 맨해튼에도 뒤지지 않을 정도였다. 카리브풍으로 스파이스를 약간 쳤는데, 색깔도 콘 수프에 가까웠다. 그리고 하룻밤에 가볍게 400달러의 팁을 벌어들인다는 웨이터가 광택 없는 주석 쟁반에 거대한 스톤 크랩을 담아 들고 왔다. 전체적으로는 차분한 오렌지색이고, 발톱 끝만 새카만 스톤 크랩. 딱딱하고 두터운 껍질을 벗겨내면, 과육 같은 살이 빽빽하게 차 있다. 뜨거운 버터나 머스터드 소스에 적셔 먹는데, 크랩 자체의 맛이 너무 강렬해서 입에 넣으면 어떤 소스에 적셨는지 모를 정도이다. 손가락과 입 주위가 금방

142

미끈미끈해진다. 게살은 부드럽고 일순간 혀가 얼얼해질 정도로 차가운 느낌을 준다. 은은한 생명의 향기, 비릿한 바다 내음이 남는다. 그것이 뉴욕 같은 동해안이나 서해안에서 먹는 스톤 크랩과 다른 점이다. 처음에 먹은 대합 수프의 따스함은 몸에서 완전히 사라져버렸다. 백포도주와 게로 차가워진 내장의 감각 때문에, 나는 점점 사치스런 결핍감을 느끼기 시작했다. 차가운 게살은 침묵을 강요한다. 다 먹고 나면 디스코테크에 가, 하고 이글레시오가 번들번들한 입술을 움직이며 말했다. 포트라다델에는 미국에서 가장 큰 게이 디스코테크가 있지, 당구장, 풀사이드 바, 더츠(dirts) 바, 쇼 스테이지가 갖추어져 있어서 매년 오천 명에 달하는 게이가 모여들어⋯⋯. 차갑고 완벽한 맛의 스톤 크랩을 먹고 있으면, 이글레시오의 입버릇을 이해할 수 있을 것 같은 기분이 든다. 향기로운 게살이 목을 미끄러져내릴 때마다, 피 냄새 나는 것, 뜨거운 것, 매운 것 등을 갈구하는 감각이 자극받는다. 그러나 너무 맛있어서, 또 게살을 입에 넣어야 한다. 뜨거운 것을 갈망하는 욕망이 일순간 잠들었다가 다시 되살아난다.

나는 이글레시오가 포기한 것이 무엇인지 알 것 같은 기분이 들었다.

인도로 간 여자

| 양 뇌 카레 | 인도 델리에 있는 '모티 무할'이라는 음식점의 유명한 카레로, 양의
뇌를 거의 날것으로 넣어 만든다.

아들의 유치원 졸업식에서 생각지도 않던 사람을 만났다.

10대 시절, 석 달 정도 함께 동거한 적이 있는 여자인데, 이름은
카요코다.

나는 요코다 기지에 인접한 아파트의 한 방에 눌러붙어서 아르
바이트도 하지 않고, 그렇다고 대입학원에도 가지 않고, 흑인병사
나 그 정부들, 그리고 머리를 길게 기른 일본인 남녀와 온갖 마약
을 즐기면서 시간을 죽이고 있었다.

카요코는 누군가를 따라 놀러와서, 그냥 석 달 동안 내 방에 머
물렀다. 그런 여자는 무척 많았지만, 석 달이란 꽤 긴 편이었다.

아들이 다니는 유치원에서, 먼저 나를 알아본 것은 그녀였다.

아내가 화장실에 간 틈에 다가와서, 나 기억나? 카요코야, 하고 말했다. 이상한 일이지만, 그 순간에 나는 갑자기 발기하고 말았다. 옛날에 카요코는 섹스의 모험가였고, 모든 것을 내게 가르쳐 주었다. 그런 그녀와, 어린아이를 데리고 단정한 머리에 안경을 끼고 정장을 한 여자가 무척이나 외설적인 기억의 터널을 거쳐서 내 머릿속에서 하나로 결합하는 것이었다.

카요코는 전화번호를 가르쳐주었다.

우리는 일주일 후에 시내의 호텔 로비에서 만났다.

카요코는 긴 머리에 컬을 넣고, 합성가죽 수트에다 뱀가죽 하이 힐을 신고, 선글라스를 낀 채 옛날이나 다름없이 고장난 라디오에서 나오는 듯한 소리를 내며 웃었다.

"자기 뭐 하는지 난 알고 있었어, 영화감독 아들이 유치원에 있다고 다른 학부형이 말해서 알았지. 자기 이름을 들었을 때 그냥 웃음이 나오더라, 유치원 아이의 아버지라니, 정말 안 어울려."

"이상한 일이야."

"뭐가?"

"난 웃음이 나오지 않더라고, 카요코가 학부형이 되어 정장을 해도 전혀 부자연스럽지 않았으니까. 아주 자연스러운 느낌이 들더군."

"여자는 괜찮아."

"뭐가 괜찮은데?"

"아무리 변해도 괜찮은 거야."

"그로부터 몇 년?"

"십칠 년 정도, 정말 굉장해, 태어나서 그때까지와 같은 시간이 흘렀다니 말이야."

그 당시 우리는 거의 매일 파티를 열었다. 카요코는 그 모임에 마련된 모든 마약과 각성제와 술을 들이키고, 하고 싶은 상대가 있으면 흑인 병사건 백인 병사건 가리지 않고 관계를 가졌다. 그러나 아무리 취해도 마음에 들지 않는 상대에게는 몸에 손대는 것조차 허락하지 않았다. 그 때문에 늘 싸움이 일어났다. 그런 모임에는 난교 파티의 룰을 모르는 남자가 반드시 있는 법이라, 허벅지와 입에서 흘러내리는 정액을 닦아내지도 않고 있는 카요코에게 욕을 먹으면서도 거절하는 이유가 뭐냐고 대드는 것이다.

그럴 때는 늘 내가 조정역할을 담당했다. 트러블을 잠재울 만큼 힘이 세어서가 아니다. 단지 참을성이 강했을 뿐이다. 거절당한 남자가 화를 내면 카요코는 반드시 나를 불러 설득하도록 했다. 그리고 파티가 끝나 둘만 남게 되면, 그렇게 게으른 자기가 어떻게 그리 냉정해질 수 있는지 몰라, 하고 웃었다.

"자기는 아이를 공립 초등학교에 보낸다면서?"

"공립이건 사립이건 아무래도 좋아."

"우리도 그래, 중학교는 정해둔 곳이 있지만, 아이는, 하나?"

"응."

"왜?"

"왜? 그런 건 신이 정하는 거 아닌가?"

"아냐, 거기서 결정되는 거야."

카요코는 석 달 있는 동안 한 번 임신했다. 내 아이라고 악을 썼지만 결국 낙태하고 말았다. 나는 지금도 그 태아의 피부색이 무엇일까 하고 궁금할 때가 있다. 여자는 누구 아이인지 안다는 말을 하는데, 정말일까?

"카요코는?"

"아이? 둘이야."

"그렇군."

"묻지 않니?"

"뭘?"

"언제 결혼했느냐, 남편은 어떤 사람이냐, 행복하냐, 그런 것 묻지 않니?"

"언제 결혼했는데?"

"구 년 전에."

"남편은 어떤 사람?"

"엔지니어, 의료기기 개발을 하고 있어, 좋은 사람이야."

"넌 인도에도 갔었지."

"행복하냐고 묻지 않니?"

"그런 건 아무래도 좋아."

"여전히 신사로군."

카요코는 내 아파트를 나간 후, 혼자서 인도로 갔다. 한 번 그림 엽서가 날아왔다. 그 그림엽서에 적힌 글자가 의외로 예쁘다는 생각을 했던 기억이 난다.

베나레스에서 온 것이었다.

"얼마나 있었니?"

"사 년."

"나도 작년에 갔었어. 북쪽이었는데, 베나레스는 좋은 곳이야. 목욕이니 명상이니 해서 엄숙한 줄 알았더니, 모두 즐겁게 지내고 있더군."

"오늘, 어떡할 거니?"

"어떡하다니?"

"점심 정도는 사주고 가야지."

우리는 호텔 안에 있는 레스토랑에서 철판구이를 먹었다. 카요코가 고른 백포도주는 북이탈리아산이었고, 정말 맛이 좋았다.

우리는 디저트를 거절하고 칼바도스(Calvados : 사과로 만든 브랜디, 사과소주 — 옮긴이)를 마셨다.

"정말 맛있게 잘 먹었어. 유혹할까 했는데, 점심으로 봐줄게."

"나도 그럴 생각이었는데 그만두겠어."

"배가 불러서?"

"응."

"배가 부르면 안 되니까. 그런데 왜 쇠고기는 기억에 남지 않는 걸까."

"그건 또 무슨 말이야?"

"쇠고기란 혀와 목으로 맛을 보는 느낌이 안 들잖니?"

"이빨로 맛을 본다고 할까."

"맞아, 자기 인도에서 탄도리 치킨 먹어봤어?"

"매일 먹었지."

"델리의 그 유명한 음식점, 가봤어?"

"포장마차 같은 음식점?"

"응, '모티 무할', 갔어?"

"가봤지."

"나, 거기서 탄도리 치킨을 먹고, 일본으로 가자고 마음을 정했어."

"그건 왜?"

"잘 몰라, 인도에서도 나, 무척 방황이 심했으니까. 중학교시절에도 한 번 헤맨 적이 있는데, 그때는 괴테로 치유했어. 《파우스트》, 신나를 마시면서 《파우스트》를 읽고, 나를 치유했어. 그 가게의 탄도리 치킨은 내게 괴테 같은 거야."

"무슨 말인지 잘 모르겠는데, 정통적이고, 원조였다는 뜻?"

"가슴이 두근두근하는 거야. 《파우스트》도 그랬지만, 책을 열기 전에 가슴이 두근거리는 것처럼, 가게에 들어설 때 가슴이 두근거렸어. 다시 이 집 치킨을 먹을 수 있다는 생각을 하자 가슴이 그렇게 두근거리는 거야. 그런 느낌은 남자와 섹스를 할 때뿐인 줄 알았는데, 아니었어."

구델리 시의 다운타운에 있는 '모티 무할'에는 탄도리 요리 외에도 또 하나 유명한 것이 있다. 그것은 양의 뇌를 넣은 카레이다. '모티 무할'의 카레는 일본의 카레와 비슷하다. 매운 맛과 풍성한 향기는 비교할 수 없지만, 색깔이나 수프의 농도는 일본에서 먹는 보통의 카레와 비슷하다. 메뉴에 따라, 새나 달걀이나 채소가 제각기 다르게 들어간다. 치킨 카레에는 치킨만 들어간다. 수프는 충분히 끓이지만, 닭고기는 뼈에 단단히 붙어 있고, 달걀은 가볍게 삶은 정도이고, 채소도 형태를 그대로 유지하고 있다. 그리고 양의 뇌는 거의 날것으로 카레 안에 허옇게 떠 있다. 카레는 입과 혀와 목을 자극하면서, 매끄럽게 내장 전체를 뜨겁게 달군다. 양의 하얀 뇌는 혀 위에서 서늘하게 느껴진다. 여자의 새끼발가락 크기의 미끌미끌한 덩어리, 그 표면의 엷은 막을 씹으면, 질 좋은 올리브 오일과 농축된 밀크를 섞은 듯한 맛이 입 속으로 퍼져나가면서 카레의 자극을 모두 지워버린다. 지운다기보다는 젤리 같은 막을 형성하여 맛과 향기를 봉쇄해버리는 것 같다. 그 순간 사치스런 불쾌감을 느끼면서 다시 카레 수프를 떠넣는다. 그것이 반복된다. 먹으면서 다른 어떤 것과 닮았다는 생각을 했지만, 그게 뭔지 알 수 없었다.

"의외였어."

"뭐가?"

"나, 자기와 오랜만에 만났으니까, 거기가 젖을 거라고 생각했는데, 그렇지 않아, 옛날 생각이 나서 일부러 그때 옷차림에 가까운 옷을 골라 입고 왔는데."

졸업식 때 입었던 정장 차림이면 좋았을 텐데, 하고 나는 말했다. 처음 보았을 때 발기했다는 것도 말했다.

택시를 불러 카요코를 집까지 바래다주었다. 하얀 벽의 단독 주택으로, 우리집에서 지하철역으로 세 정거장 떨어진 곳이었다.

차 안에서 카요코는 몇 번이나 서늘한 혀를 내 입 속으로 밀어넣었다.

그녀의 집에 도착했을 때, 양의 뇌를 넣은 카레를 먹어봤니? 하고 내가 물었다.

카요코는 내 얼굴을 잠시 응시하더니, 고개를 끄덕이고, 웃으면서, 주소를 적어뒀다가 인도에 가면 그림엽서라도 보내줘, 하고 말했다.

카요코가 일본에 돌아오게 된 것은 탄도리 치킨 때문이 아니라 양의 뇌를 넣은 카레 때문인지도 모른다고, 나는 칼바도스 기운으로 멍해진 머리로 생각했다.

양 뇌 카레는 자극적인 허망한 질주의 상징이기 때문이다.

오 년 전의 사랑, 오 년 된 캐비아

| 캐비아 | 철갑상어의 알을 소금에 절인 식품.

"진짜 캐비아 먹어본 적 있어요?"

파티장에서 여자는 나에게 그렇게 물었다. 작은 비디오 회사가
주최한 파티에서 여자는 도우미 열 명 가운데 한 사람이었다.

내가 붉게 물들인 싸구려 캐비아를 얹은 카나페(canapé : 전채 요
리의 일종. 조그만 빵 위에 생선 알, 치즈, 버터 등을 얹은 것 — 옮긴이)
를 입에 넣는 것을 보고, 그녀는 위스키 잔을 건네면서 그렇게 말
을 걸어왔다.

"저건 가짜겠죠?"

카나페를 손가락으로 가리키며 또 물었다. 나는 고개를 젓고,

크래커를 씹으며 위스키 한 모금을 마시고 나서, 이것도 캐비아이 기는 마찬가지야, 하고 그 도우미에게 말했다.

"나도 자세한 건 모르지만, 외국에서는 소금에 절인 물고기 알 은 모두 캐비아라고 하는 것 같은데."

아, 그런가요, 하고 여자는 생각하는 표정을 지었다.

"내 기억으로는 정어리 알도 캐비아라고 했던 것 같아. 베이크 드 포테이토 위드 캐비아, 구운 감자에 소금 친 정어리가 얹혀진 것을 그렇게 불러."

"비린내가 나겠군요."

"그렇지만 맥주와 아주 잘 어울려."

"어디서 드셨어요?"

"중서부에서."

"중서부라면?"

"아이다호나 몬태나 부근이지."

"외국에는 자주 가세요?"

"일 때문에."

그리고 화제는 캐비아에서 벗어나, 한 손님과 이렇게 이야기하 고 있어도 괜찮아? 라는 나의 물음에서, 도우미가 하는 일에 대한 것으로 바뀌었다. 딱히 거기에 흥미를 느낀 것은 아니지만, 포르 노 비디오만 만들던 회사가 다른 작품에도 손을 댄 것을 기념하 는 파티 그 자체가 너무 지겨워서였다. 여자는 규슈의 하카다에서 클럽의 호스티스를 하고 있었는데, 친구를 의지삼아 상경하여 도우미 일을 하게 되었다고 말했다. 시작한 지 아직 한 달도 채 안되었다고 하였다. 인기 있는 도우미는 하루에 몇 군데나 파티장을 돌아서 꽤 수입을 올리지만, 팔리지 않는 아이는 이삼 일에 한 번, 싸구려 일밖에 하지 못한다고 한다. 싸구려 일은 어떤 건데? 하고 묻자, 동창회 같은 모임이죠, 하고 여자는 말했다. 복장은 자신이 마련해야 하니까 그 비용이 만만치 않다는 것, 일본에서 구입할 수 있는 가장 싼 정장의 가격, 여성의 등급은 단순히 나이와 용모로 결정된다는 것, 따라서 자신은 화술이 필요한 클럽의 호스티스쪽이 훨씬 어렵다고 생각한다는 것, 3년 일한 하카다의 클럽에서 배운 여러 가지 것들을 살리지 못하는 것이 애석하다는 것, 그런 화제를 그녀는 규슈 사투리를 섞어서 이야기했다. 마치 대화에 굶주린 사람 같았다. 의논할 상대도, 잡담을 나눌 만한 상대도 없기 때문일 것이다.

지금은 어디서 살고 있느냐고 묻자, 친구의 아파트라고 했다. 마침 내 작업실과 같은 지하철 노선에 있어서, 만나고 싶으면 전화하라고 명함을 건네주었다.

그날 밤에 전화가 걸려왔다.

나는 전화로 길게 이야기하는 걸 싫어한다. 밖에서 만나자고 하자, 택시비가 없어요, 하고 여자는 술에 취한 듯, 꼬부라진 혀로 말했다.

"이쪽으로 오시지 않겠어요?"

"친구 방이라면서?"

"지금 없어요, 여행 갔어요."

"지금 새벽 한시야."

잠이 오지 않아요, 하고 그녀는 말했다. 호스티스 일을 할 때 손님과 매일 아침까지 마시고 노는 것이 습관이 되어서 그런지, 몸이 잠들어주지 않아요…….

아파트는 목조로 지은 사원 기숙사들이 늘어선 골목길 맨 구석에 있었고, 쾌락이나 사치와는 전혀 상관없는 샐러리맨 가족들이 살기에 어울리는 5층 건물이었다. 오래된 건물이라 엘리베이터도 없었다. 계단에는 유아용 3륜 자전거, 부서진 가스레인지, 끈으로 묶은 신문지 같은 것이 널브러져 있었다.

아직도 불이 켜진 집이 있었고, 열린 창으로 카레 냄새가 풍겨왔다.

"죄송해요, 금방 찾으셨어요?"

그녀는 머리카락을 감아올리고, 가슴에는 스누피가 프린트된 T셔츠를 입고, 색 바랜 청바지를 입고 있었다. 몸과 머리카락에서 샴푸와 비누 냄새가 났다.

방은 잘 정돈되어 있었지만, 가구나 장식물이나 식기 등 생활용

품 모두를 백화점 세일 때 한꺼번에 구입한 것 같은, 그런 느낌이 들었다. 갈색으로 더러워진 다다미 위에, 감촉이 나쁜 아크릴 융단이 깔려 있고, 그 위에 앉은 그녀는 일본의 위스키 회사에서 만든 형편없이 생긴 병의 버번을 마시고 있었다. 이런 술을 이런 여자가 마시다니, 하고 나는 놀랐다. 그녀는 나에게 그 술을 권했지만, 나는 냉장고에 하나 남은 맥주를 마시기로 했다.

"친구는 어디 갔지?"

벽에는 완성된 요트 문양의 직소 퍼즐이 걸려 있었다.

"온천하러, 이즈 쪽에 간다고 했어요."

"보이 프렌드와 온천, 부럽지 않아?"

"아뇨, 회사에서 단체로 갔어요."

화장을 지운 그녀의 손톱이나 피부색은 건강해 보이지 않았다. 술 때문에 볼 주위가 발갛기는 하지만, 눈에는 힘이 없고, 잇몸 색깔도 별로 좋지 않았다. 그리고 잠시 후, 방 주인은 친구가 아니라 언니라고, 발가락을 까딱거리면서 그녀는 말했다.

"언니는 결혼해서 여기 살았었는데, 일 년 반 만에 이혼했어요. 보통 이혼하면 사는 곳을 바꿀 텐데. 자신이 참을성이 없어서 그랬다고 반성하는 뜻에서 사 년이나 여기에 살고 있어요."

"아가씨는 언니와 닮았어?"

"나는 그렇게 생각하지 않는데 다른 사람들은 닮았다고들 해요."

합판으로 짠 선반에 특산품들이 진열되어 있다. 홋카이도의 여우 인형, 오키나와의 소박한 직물, 나라의 절 모형 같은 것들인데, 아마도 그녀의 언니가 회사에서 여행을 갈 때마다 사 모은 것인 모양이다. 나는 관광지의 특산품 가게에서, 이혼 경력을 가진 평범한 여자가 선물을 사는 것을 상상해보았다. 무척 외설적인 광경이었다.

"저, 이런 말 한다고 이상한 여자라고 생각지 마세요. 나, 술기운도 좀 있으니까. 그런데 남자에게도 느낌이 오는 여자와 그렇지 않은 여자가 있나요?"

"섹스?"

"네."

"응, 맞는 사람과 그렇지 않은 사람이 있긴 해."

"그렇지만, 어떤 사람과 해도, 나올 건 나오잖아요?"

"나온다고 다 좋은 건 아니지. 단순히 발산하는 것이 목적이라면 자기 손으로 하는 게 더 편하니까."

"사실은 나, 무척 겁이 많아요. 아시겠어요? 나이도 먹을 만큼 먹었는데, 남자는 세 사람밖에 경험해보지 못했어요. 이상하죠? 좀 이상한 이야기지만, 생리 때 섹스를 하면 어때요?"

"어떻다는 건?"

"남자는, 그래도 괜찮은가요?"

"나는 싫어해. 그렇지만 상대 여자를 정말 사랑한다면, 관계없

158

을 거야."

"나, 그런 게 안 돼요."

선반에는 포터블 오디오가 있다. 튜너와 앰프가 하나로 된 10년 전 모델이다. 〈어머니와 아이를 위한 홈 클래식〉이란 레코드가 보인다. 표지 사진은 요람에서 잠든 외국의 아기이다.

"그렇지만, 딱 한 사람, 뭐든 할 수 있었는데, 나는, 그 사람을 좋아했을까요? 그 사람, 회사원이라고 했어요. 도쿄에 살고 있고, 자주 외국에도 나가는 모양이었어요. 입으로 하는 거 남자가 좋아하나요? 그런 건 모두 처음이었어요. 클럽의 동료들은, 부인도 있고 애도 있는 사람이니까 그만두라고 했지만."

"오래 사귀었나?"

"사귀었다고는 해도 한 달에 한두 번 하카다에 오는 것뿐이었으니까, 그래도, 그때마다 내 아파트에 꼭 머물렀고, 양복도 놔두었기 때문에, 사 년 정도."

"헤어졌어?"

"이상한 이야기지만, 나, 생리중이어서, 그냥 입으로 해주었어요. 그랬더니 생전 처음이라고 정말 좋아라 했어요. 너무 기뻐하는 거예요. 캐비아를 주더군요. 진짜 캐비아는, 사고 싶어도 살 수 있는 곳이 별로 없다는 거예요. 뉴욕에서 샀다고 했어요."

그녀는 냉장고에서 4온스 병에 든 캐비아를 들고 왔다.

"이거, 진짜예요?"

소비에트산, 짙은 회색의 알이 가득 든 진짜였다.

이건 뉴욕의 면세점에서 사도 이백 달러는 할 거야, 내가 그렇게 말하자, 그녀는 정말 기쁜 표정을 지었다. 그리고 스푼을 가져오더니, 뚜껑을 열려고 했다.

"뭘 하려고?"

"먹어요."

"소중하게 간직하는 거 아냐?"

그녀는 내 말을 무시하고 스푼 손잡이로 뚜껑을 열어버렸다.

"오 년 전 건데, 먹어도 될까요?"

소금에 절인 거라 괜찮을 거라고 하자, 한 스푼 떠서 입 안에 넣더니, 맛이 뭐 이래, 하고 중얼거렸다.

나도 5년 전의 캐비아를 먹었다. 조금 짰지만, 캐비아 특유의 맛은 그대로였다.

어떻게 이걸 딸 생각을 했어? 라고 나는 물었다.

진짜 캐비아를 아는 사람을 처음 만났으니까요, 하고 그녀는 대답했다.

우리는 5분 만에 다 먹어치우고, 그녀는 텅 빈 병을 깨끗이 씻어 여우 인형 곁에 놓았다.

모든 예술의 정점에는 모차르트가 있다

| 웨 루 크 | 껍데기가 하나로 둘둘 말린 나사조개 같은 조개의 조갯살로 만든 요리.

호텔에 체크인하고, 빅토리아조 가구로 둘러싸인 스위트 룸에
서 벨벳 커버가 씌워진 침대에 누워, 묘한 여행이야, 라고 나는 중
얼거렸다.

오랜만의 홍콩이다.

어느 기업가의 초대였다. 일본인과 중국인 혼혈아로, 경제정보
시스템 회사를 창업하여 성공한 인물이다. 최근 들어 그와 비슷한
회사가 급격히 늘어나고 있지만, 그가 취급하는 정보는 뉴욕 증권
거래소의 다우 존스 주가처럼 일본의 주부가 금방 손에 넣을 수
있는 그런 것이 아니다.

몇 팀의 학자들, 분석가, 거기에다 구미의 싱크탱크와 계약을 맺어 알짜 정보를 일본, 한국, 대만의 기업, 은행에 팔아넘기는 것이다.

나는 도쿄의 테니스 클럽에서 우연히 그를 만났다. 그 일의 성격으로 상상할 수 있는 그런 차가운 리얼리스트가 아니었다. 영화에 관심이 많은 그는 재미있는 아이디어가 있으면 출자하고 싶다고 내게 말했다.

나는 마침 생각하고 있던 기획이 있어 이야기를 했다. 무대는 홍콩이고, 안 팔리는 피아니스트와 댄서의 연애 이야기에, 뇌생리학과 우주생명체의 모티프를 뒤섞은 야심작이었다.

좀더 자세한 이야기를 듣고 싶다고, 자신의 사무실과 요트가 있는 홍콩으로 나를 초대했다.

그러나, 출발 전날, 항공권을 가지러 그의 도쿄 사무실로 갔더니, 비서가, 급한 용무가 있어 사장은 프랑크푸르트에 가고 없다며, 봉투를 하나 건네주었다. 봉투에는 3박 4일의 홍콩 여행에 충분한 금액의 현금이 들어 있었다.

비행기는 퍼스트 클래스, 그리고 지정된 호텔에 들어가 보니, 덮개가 달린 침대, 대리석 욕조가 붙은 스위트 룸이었다. 그러나, 마중 나온 사람도 가이드도 없었다.

홍콩에는 11년 전에 한 번 와본 적이 있지만, 짧은 체재였기 때문에 어디에 뭐가 있는지 기억나지 않는다.

돈은 충분하다. 그의 비서는 정산할 필요가 없다고 했다. 테니스 클럽에서 두 번 복식을 치고 커피를 마시면서 30분 이야기를 나눈 상대에게 퍼스트 클래스의 항공권, 스위트 룸, 거의 두 달치 내 수입과 맞먹는 현금, 도저히 믿을 수가 없다.

무더운 6월의 홍콩은 아직도 한낮이고, 나는 뭔가를 하려 하지도 않고, 매끄러운 실크를 덧댄 침대에 그냥 누워 있었다.

나는 금욕적인 남자가 아니며, 물론 모럴리스트도 아니다. 홍콩에서 100만 엔 가까운 현금을 사흘 만에 쓰는 것은 그리 어려운 일이 아니다. 개인 택시와 가이드를 고용하고, 고급 나이트 클럽에서 여자 두세 명을 사서, 마약과 술과 광동 요리로 떠들썩하게 즐기면 간단히 써버릴 수 있다. 나는 그런 놀이를 싫어하지 않는다.

그러나, 나는 망설이고 있다. 침대에 누워, 생각했다. 그 결과, 100만 엔 가까운 현금의 근거가 불명확하기 때문에 나는 망설이고 있고, 그 망설임이 쾌락과 낭비로 나아가려는 나의 발길을 가로막고 있다는 결론에 도달했다.

그러나 그런 망설임 따위는 약간의 술과 마약으로 날려버릴 수 있는 것이다. 나는 이 짧은 여행 준비를 하느라 잠을 덜 잤다. 이렇게 망설이고 있는 것은 공짜 돈이 생긴 때문이 아니라, 단지 수면 부족에 의한 피로 탓일지도 모른다.

나는 저녁이 오기를 기다렸다가 객실 담당을 불러 홍콩에서 가장 화려한 사우나 바가 어디 있느냐고 물었다.

구룡 항에 인접한 홀리데이 인의 지하에, 그 사우나는 있었다. 동양이 자랑하는 것 중의 하나가 목욕 문화이다. 상해 목욕은 말할 것도 없고, 한국이나 대만의 마사지 기술은 대단하다. 북유럽의 사우나도 괜찮긴 하지만, 그것은 어디까지나 생활의 일부이다. 동양의 목욕탕은 생활이 아니라 넘쳐나는 쾌락을 위한 것이다.

냉수 풀을 중심으로 사우나와 스팀과 때 벗기는 방과 샤워와 마사지 룸이 방사상으로 배치되어 있다. 특히 마사지 룸은 하나하나가 상당한 넓이의 개인실로 되어 있고, 각 방은 작은 복도로 미로처럼 연결되어 있다. 여자 안마사는 미끈하고 부드러운 근육과 매끈한 피부, 잘 빠진 몸매의 10대 소녀였다. 얼굴도 건강하고 아름답다.

기본이 45분으로, 달리 할 일이 없던 나는 트리플, 즉 2시간 15분의 마사지 코스를 택했다. 2시간을 넘는 마사지는 예를 들어, 오른쪽 허벅지 하나를 주무르는 데 20분 이상이나 정성을 들인다. 하얀 옷을 입은 여자는 마사지대에 정좌하여 내 발을 무릎에 올려놓고 오일을 발라 근육을 부드럽게 자극해온다. 부분적으로 피의 흐름이 바뀌고 신진대사의 리듬도 변할 것이다. 나는 마사지 받는 그 부분만 몸에서 분리되어 공중에 떠다니는 것 같은 묘한 쾌감에 젖어들기 시작했다. 의식은 멀어지고 여자의 손이 오른발에서 허리로 옮겨갈 때 나도 모르게 작은 신음을 뱉어냈다. 여자의 손가락이 온몸을 미끄러지는 가운데, 나는 영원한 사정이란 이런 것이로구나 하고 감탄했다.

상어 지느러미와 전복 요리로는 세계 최고라는 복림문어익해선 주가(福臨門魚翅海鮮酒家)로 들어가, 작은 새우찜에서 시작하여, 제비집, 비둘기, 개구리에 이르기까지 나는 웨이터도 놀라고 마는 식욕을 과시했다. 물론 상어 지느러미와 전복도 먹었다.

얼마 안 있어 건너편 테이블에 초로의 한 중국인이 앉았다. 날카로운 눈, 가느다란 손가락과 허리, 품이 낙낙해 보이는 수트와 화려한 실크 셔츠, 검은돈 냄새가 풍기는 홍콩의 전형적인 부자 모습이다. 단골인 모양으로, 주인이 테이블까지 와서 허리를 깊이 숙인다.

초로의 신사는 먼저 상어 지느러미와 전복을 먹고, 다음으로 웨이터를 불러 하얗고 납작하게 잘린 것을 가지고 오게 했다. 저건 뭐지? 하고 나는 웨이터에게 물었다.

"웨루크입니다."

웨이터는 그렇게 대답하고, 한자로 '响螺'라고 써주었다. 무섭게 비싸다. 보통 식당이라면 3,000엔 정도면 멋진 코스 요리를 먹을 수 있다. 그러나 이 음식점은 상어 지느러미 1인분에 약 4,000엔, 전복은 5,000엔에서 8,000엔이나 한다. 그러나 그 웨루크라는 조갯살 요리는 상품이 최저 1만 엔을 호가한다. 나는 그 나사조개 비슷하게 생긴 조개를 주문했다.

명함 크기 반만한 조갯살 다섯 조각이, 끝이 말려 올라간 모습으로 접시에 놓여 있다. 처음 한 조각을 젓가락으로 집었을 때, 건너편 신사와 눈이 마주쳤다. 그는 가볍게 고개를 끄덕이며 미소지었다. 어디서 본 듯한 미소였다. 처음으로 코카인을 주었던 미군 병사, 뉴욕의 중국여자 전문 매춘굴에서 만났던 유태인 손님, 남다른 쾌락을 먼저 맛본 자의 득의에 찬 미소였다. 하얀 조갯살은 입 안을 슬쩍 건드리면서 이빨과 혀에 부딪쳐 부서지더니 침과 섞여 입 안에서 빙글 한 바퀴 돌고는 목구멍으로 미끄러져내렸다. 소스는 새우 대가리를 짓이겨 만든 짙은 갈색의 액체로 맛이 꽤 진했다. 그러나 조갯살이 혀에 닿는 순간, 입 전체에서 새우 소스의 맛은 사라져버린다. 웨루크는 다른 어떤 맛과도 닮지 않았다. 상어 지느러미나 전복처럼 내부에 건조된 바다를 감춘 그런 맛도 아니고, 새나 사슴처럼 피 냄새도 나지 않고, 자라처럼 생명 그 자체에서 풍겨나는 비린내도 없고, 복어의 흰 살이나 캐비아처럼 생식(生殖) 체계에서 벗어난 짙은 맛도 없다. 또한 웨루크는 몸 속으로 사라지는 순간 새로운 식욕을 불러일으킨다. 목구멍에 남아 있던 상어 지느러미나 전복이나 비둘기나 개구리나 제비집의 향기와 맛은 모두 사라져버린다. 웨루크는 웨루크 그 자체의 맛도 지워버리는 것이다.

나는 두 접시를 추가하고, 다음날 낮과 밤, 사흘째의 낮과 밤에도 그 불가사의한 조개를 먹었다. 이틀째는 호텔의 바에서 알게

166

된 일본인 CF 촬영팀을, 사흘째는 나이트 클럽의 여자 여섯 명을 복림문에 초대하여 함께 조개를 먹었다. 나 혼자서만 무려 20만 엔어치의 조개를 먹었지만, 여전히 입에 넣자마자 맛은 어디론가 사라져버리는 것이었다.

"그랬군요, 웨루크를 드셨군요."

나를 홍콩으로 초대해준 남자는, 도쿄로 돌아온 다음 전화로 그렇게 말했다. 만족스러운 목소리였다. 그러나 영화 기획에 대한 출자 문제는 얼마간 생각할 시간을 달라는 식으로 태도를 바꾸었다.

그는 나를 테스트했을지도 모른다. 웨루크를 찾아낸 것까지는 합격이었을 것이다.

"매력적인 것에 본능적으로 접근하는 재능이 없는 사람은 창작할 자격이 없어요."라고도 말했다.

그러나 주어진 돈을 모두 웨루크에 투자한 것은 실격이었다.

"모든 예술의 정점에는 모차르트가 있지요."

앞서 만났을 때 그는 그렇게 말했는데, 모차르트의 선율은 그것을 듣는 순간 모든 인상을 지워버리고 아무것도 남기지 않는다.

그렇기 때문에 모차르트는 나처럼 웨루크를 사흘이나 먹지는 않을 것이다. 저 기묘하고 완전한 조갯살의 맛, 그 비밀을 태어나면서부터 기억하고 있기 때문이다.

그것을 한마디로 하면 사랑의 힘이라고 해야겠지만, 나는 그 전화를 끊은 다음, 혼자서 그 말을 중얼거리며 쓴웃음을 짓지 않을 수 없었다.

트뤼프, 상실감, 그리고 블랙 홀……

| **트뤼프** | 서양 송이버섯의 별칭. 매우 향기로운 버섯으로 '숲 속의 검은 다이아몬드'라고 불리며, 푸아 그라, 캐비아와 함께 세계 3대 진미의 하나이다.

그 노작곡가와 만난 것은 2년 만이었다. 2년 전에, 패션 쇼 일로, 나는 백그라운드 비디오를, 그는 음악을 담당했다.

의뢰인은 몇 종의 브랜드 제품이 히트를 쳐서 떼돈을 벌고 있는 칸사이 지방의 의류회사였다. 돈이 철철 남아도는지, 비디오와 음악으로 이미지를 만들고 싶다고 하면서 우리 두 사람을 남프랑스의 고급 리조트에 일주일간 보내주었다.

작곡가는 특이한 사람이었다. 워크맨의 헤드세트를 한시도 귀에서 떼는 법이 없었다.

"현실 음은 작곡가를 절망시킨다."라는 이유에서였다.

2년 만에 만났는데 역시 헤드세트가 장착되어 있었다. 단, 워크맨이 아니라 디스크맨이었지만······.

노작곡가는 나를 집으로 초대해주었다. 완벽한 방음설비를 갖춘 방에서 그는 헤드세트를 벗겨내고, 일부러 찾아주어서 감사하다고 인사를 했다.

"바쁜 사람을 부른 게 아닌지 모르겠군. 갑자기 전화를 해서 미안하이."

그렇게 말하면서 벽에 장착된 10여 개의 테이프 데크 중 하나에 테이프를 걸었다.

"기억해? 자네와 같이 갔던 호텔의 다이닝 룸에서 들었던 '은밀한 지저귐'이야."

2년 전에 우리가 머문 곳은 니스와 모나코의 중간쯤에 위치한 곳의 끝 부분에 우뚝 선 백악의 최고급 호텔이었다. 고객 리스트에는 정재계의 거물은 물론이고, 비틀스나 브리짓드 바르도와 같은 이름도 들어 있었다. 당연히 요리도 대단해서, 나는 매일 저녁 가슴을 두근거리며 식사를 기다렸는데, 노작곡가는 다이닝 룸으로 연결되는 짧은 복도에서, 그때까지 절대로 귀에서 떼내지 않던 헤드세트를 갑자기 벗겨내고, '저 소리'를 들어보라고 나를 재촉했었다. 그 소리는 영어와 프랑스어와 독일어와 이탈리아어가 뒤섞인, 다이닝 룸의 손님들이 나누는 낮은 톤의 대화였다. 보이의 은밀한 발자국 소리나 식기의 작은 울림이나 트레이 위에서 바르르 떨리는 유리잔과 얼음 소리 등, 섬세한 효과음을 내포한 조용하면서도 매끄러운 이야기 소리를 노작곡가는 '은밀한 지저귐'이라고 말했다.

"기억하고 있어?"

"예, 물론입니다."

노작곡가는 그 '은밀한 지저귐'을 소재로 하여 전위적인 즉물음악을 작곡하여 패션 쇼를 엉망으로 만들어버렸다. 그 덕분에 나의 비디오도 최악의 평가를 받고 말았던 것이다.

은밀한 지저귐…… 잊을 리가 없다.

"아아, 그 호텔 정말 좋았지. 특히 누벨 퀴진은 말로 다 할 수 없었어. 그렇게 생각지 않나?"

내가 고개를 끄덕이자, 그는 만족스럽게 웃었다.

"그 이후로, 자네, 그보다 더 맛있는 것 먹어봤어?"

"작년에 파리에서 '투르 다르장'에 갔었는데, 서로 비교하기가 힘들 것 같은데요."

"그 말은? 최고급 오셔니크 프렌치 퀴진과 누벨 퀴진은 비교할 수 없다는 그런 말인가?"

"바로 그겁니다. 최고의 초밥과 최고의 프랑스 요리 중에 어느 것이 맛있는지 정한다는 것은 무리가 아닐까요. 그렇지 않습니까?"

내가 그렇게 말하자 그는 미간을 찌푸리고 고민하는 표정을 지었다.

그리고 테이프를 껐다.

"자네는 아직 멀었어, 뭘 몰라."

그리고 잠시 입을 다물었다. 나는 다시 디스크맨이 그의 귀를 덮지는 않을까 하는 불안에 사로잡혔다. 비록 자기가 전화를 걸어 나를 오라고 했지만, 마음에 들지 않으면 태연히 귀에다 헤드세트를 껴버릴 수도 있는 그런 사람이다. 그런 사실을 잘 알면서도 만나러 오는 걸 보면 그에게 특별한 매력이 있는 건 분명한 것 같다. 그러나 이 사람은 한번 억지를 부리기 시작하면 도무지 대화가 안 된다. 그러면 오늘 만남은 아무 소용이 없어진다.

나는 그의 다음 말을 조심스럽게 기다렸다.

"나는, 자네에게 이미지에 대해 말한 적 있었지, 기억하고 있나?"

"물론입니다."

"그렇다면 생선초밥과 프랑스 요리가 어쩌구 하는 그런 터무니없는 말은 왜 하지?"

"이미지 문제를 포함하여 저에게 질문하리라고는 생각지 못했으니까요."

"그렇군, 처음의 내 질문은, 뭐라고 할까……."

"인사 대신으로 하셨겠지요."

"그렇군, 인사 대신으로 받아들인 게로군."

172

"그렇습니다."

"그렇다면 무리도 아니지. 그러나 이것만은 기억해뒀음 좋겠어. 내가 헤드세트를 벗고 이야기한다는 것은 반드시 표현의 근간에 관련된 문제라는 사실을."

노작곡가의 작업실은 무음 상태였다. 그는 혼자 살고 있는 걸까? 현관에서 맞이할 때도 그 혼자였다.

창은 3중의 유리로 되어 있고, 벽도 무척 두터운 걸로 보아 대량의 방음 재료가 들어 있는 것 같다. 심장 고동소리가 여느때보다 더 크게 들려오는 것 같은 기분이 든다.

"자네는 이미지라는 것을 어떻게 생각하는가?"

"이미지 말인가요?"

"그래."

만일 별볼일 없는 대답을 하면 평생 너와는 이야기도 안 할 거야, 라는 뉘앙스를 띤 눈길로 노작곡가는 나를 바라보았다.

"이미지란 결국, 비주얼이라고 할 수 있겠지요."

"당연한 말이야."

"그렇지만 이미지는 결코 자립할 수 없는 것입니다."

"호오! 제법인데, 좀더 자세히 설명해보게."

"이미지 그 자체는 다른 이미지를 발생시킬 수 없기 때문입니다."

"그것도 타당한 말이야, 그러나, 충분한 설명은 못 돼."

"그러니까, 이미지는 늘 불충분합니다."

이야기하는 내 목소리가 내 것이 아닌 것같이 느껴졌다. 이 노작곡가는 도대체 어떤 신경을 가진 사람일까, 하고 나는 새삼 생각해보았다.

"이해하기 힘들어. 좀 다른 표현으로 할 수 없을까?"

"이미지는 늘 뭔가를 갈구하고 있다는 것입니다."

"다른 미디어를? 즉 소리와 언어를?"

"그렇습니다, 종속되어 있다고 해도 좋을 겁니다."

내가 그렇게 말하자 노작곡가는 만족스럽게 몇 번이나 고개를 끄덕이더니, 다른 데크에 새로운 테이프를 세트했다. 그것은 종소리를 전기적으로 처리한 것이었다. 종소리는 자연스럽게 사라지기 전에, 즉 도중에 잘려져서, 어떤 작은 곤충이 찌부러지는 듯한 소리로 바뀐다. 물론 여운도 없다. 그것이 불규칙적으로 반복된다. 완전한 무음 상태의 사이사이로 울려퍼지는 그 소리는 기묘한 힘을 가지고 있었고, 나는 왠지 목이 말라왔다.

"이건 어때?"

"이게 뭐죠? 종을 컴퓨터로……"

"그건 아무래도 좋아, 어떻게 생각해?"

"패션 쇼의 음악으로는 맞지 않겠군요."

"다시는 그런 멍청한 일은 맡지 않을 거야, 그런데, 자네 몇 살인가?"

174

"서른다섯입니다."

"그렇군, 그 나이라면 알 것도 같은데, 이 세상에는 한번 잃어버리면 절대로 되돌릴 수 없는 것이 많아. 그것을 생리적으로 알 수 있는 것이 자네 나이야. 그리고 내 나이 정도가 되면 그런 상실감이 너무 거대하다는 것을 깨닫고, 그 공포 때문에 망연자실하게 되지. 나는 말일세, 사실은 작년에, 또 그 호텔에 갔었네. 그 호텔 위쪽에 작은 마을이 있었지 않나?"

"에즈 말씀인가요?"

"맞아, 에즈 빌라쥬, 거기에 유명한 레스토랑이 있어. 프랑스 발음이 어려워서 잊어버렸지만, '황금 염소'라는 의미였을 걸세. 오마르, 찌르레기, 산비둘기, 물론 와인과 디저트도 대단했지만, 무엇보다 압권이었던 것은 트뤼프였지. 자네, 트뤼프를 하나 통째로 먹어본 적 있나?"

나는 고개를 가로 저었다.

"그렇지, 그런 편이 좋아. 그런데 나는 통째로 먹어버렸어. 겉을 얇은 이파리로 감쌌는데, 무슨 이파리인지는 모르겠어. 그 안에 채소와 생선살이 들어 있었지. 중심부에, 손가락 크기만한 트뤼프가 있었어. 트뤼프 자체는 그렇게 강렬한 맛이 없다네. 단, 먹고 난 직후 격렬한 상실감이 엄습하는 거야. 옛날, 노르망디 쪽에, 트뤼프를 너무 많이 먹어 죽고 만 귀족이 있었다고 하는데, 이해가가더군. 트뤼프란 놈은 상실감 그 자체야. 그것도 거의 공포에 가까운 상실감이라네. 그리고 물론 그 상실감은 트뤼프 이외의 것으로 메울 수 없어. 예를 들면 생간에 대한 식욕은 여자의 질 냄새와 중첩되는 경우가 있는데, 그러나 트뤼프는 그것과는 달라. 트뤼프야말로 어떤 예술양식도 미치지 못할 완벽한 미디어야. 즉, 자립적이야. 배고픔과 공포와 지복을 연속적으로 생산하는 거지."

나는 잠시 입을 다물었고, 종소리를 들었다. 나는 점점 강렬해지는 타는 목마름을 참으면서, 테이프에 적혀 있는 타이틀을 읽었다.

〈블랙 홀〉.

새카만 똥을 볼 때마다 울음을 참는 남자

| 오징어 먹물 스파게티 | 오징어 먹물을 소스로 해서 만든 스파게티.

나는 파리에 갈 때면 늘 두 군데의 호텔을 애용한다. 하나는 뤼드 백에 있는 호텔, 별 네 개짜리 디럭스급인 퐁 르와얄이고, 또하나는 생제르맹 데 프레에 있는 호텔, 별 세 개짜리 생 페레스이다. 둘 다 옛날식 서양 여관으로 객실 수는 적고, 서비스는 가정적이며, 아침의 크루아상이 맛있고, 일본인 관광객은 거의 없다. 경제적으로 여유가 있을 때는 전자에 묵고, 여유가 없을 때는 후자를 이용한다.

두 호텔은 걸어서 10분 정도의 거리인데, 그 중간쯤에 르 페론이라는 이탈리안 레스토랑이 있다.

파리의 이탈리안 레스토랑은 내가 아는 한 별로다. 인도에 맛있는 중국집이 없는 것과 마찬가지다.

　그러나 두 호텔 중간쯤에 있는 그 레스토랑은 그 주변에 갈리마르나 로베르 라퐁을 비롯한 유명한 출판사가 많은 탓도 있고 해서, 그렇게 맛이 뛰어나지는 않지만 편집자, 작가, 화가, 번역가 같은 사람들이 많이 모여든다. 레스토랑에 비치된 포도주도 특상에 속하는 키안티 클라시코를 포함하여 상당한 수준을 자랑하는데, 그것도 인기를 모으는 요인 중의 하나이다.

　내게 그 레스토랑을 가르쳐준 중년 여성편집자는 메뉴 한구석을 가리키면서 '작가의 스파게티'를 먹어보라고 했다.

　작가의 스파게티란 오징어 먹물 소스를 뿌린 스파게티이다. 오징어 먹물이 작가가 즐겨 사용하는 검은 잉크를 상징하는 것이다.

　어패류를 사용한 파스타는 무수히 많지만, 나는 그 중에서도 오징어 먹물 스파게티를 가장 좋아한다. 그 검은 소스에는 바다의 향기가 가득 배어 있는 것 같다.

　"나는 오징어 먹물 스파게티는 절대로 먹지 않아."

　하고 그 친구는 말했다.

　오래된 친구로, CF 디렉터이다. 생제르맹 데 프레의 고서점에서 우연히 만나, 둘 다 그날 밤 스케줄이 없었기 때문에 르 페롱을 찾아갔던 것이다.

"여기는 달리 맛있는 것이 없어. 이걸 싫어해?"

나는 친구에게 물었다. 친구는 그렇지는 않지만, 하고 고개를 가로 젓더니, 평범한 바지리코를 택했다. 나는 평소처럼 오징어 먹물 스파게티를 먹었다

"그런데 랜들 그 놈도 한심해."

친구는 검은 소스가 가득한 내 음식 접시를 바라보면서 화제를 테니스로 돌렸다.

"그 친구는 평생 윔블던에서는 우승을 못 할 거야. 내가 보증할 수 있어."

우리는 같은 테니스 클럽에 속해 있지만, 클럽에서 얼굴을 대하는 일은 거의 없다. 같은 비디오 디렉터라는 직업을 가졌지만, 나는 프리랜서이고, 그는 대형 에이전시에 취직한 샐러리맨이다. 나는 코트가 비는 평일에 자주 테니스를 하고, 그는 주말밖에 시간을 낼 수 없다. 딱 한 번 둘이서 시합을 가진 적이 있는데, 그가 압도적인 실력 차로 나를 이겼다. 커리어가 전혀 다르다. 나는 4, 5년 전에 시작했지만 그는 고등학교, 대학의 테니스부에서 본격적인 훈련을 쌓은 사람이다.

테니스 클럽에서 그는 스타였다. 테니스 기술뿐만 아니라, 1년 중 태반을 해외에서 보내는 잘 팔리는 CF 디렉터이고, 큰 키에, 얼굴도 잘생겼고, 게다가 5년 전에 이혼하여 지금은 혼자서 생활하고 있다. 유부녀와 잡음을 일으킨다는 소문이 들리기도 하지만,

그는 주위의 평가에는 전혀 신경 쓰지 않는 성격이라 어떤 말을 들어도 무덤덤한 태도를 보인다.

"어때, 테니스는 좀 늘었어?"

새끼 양고기를 씹으며 그가 물었다.

"하나도 안 늘었어. 점점 집중력이 떨어지는 것 같애."

"체력이 떨어져서 그럴 거야. 그 모든 것이 몸의 문제야."

그는 그렇게 말하고, 건너편 테이블의 중년 여성을 흘끗 보면서, 입 모양으로 보아 바람기 있는 여자라고, 웃으면서 말했다.

"자네는 하나도 변한 게 없구만."

나의 말에 그는 오른쪽 새끼손가락을 세우고, 이것 말이야? 하고 새끼 양고기를 씹으면서 고개를 끄덕였다.

"자네, 유부녀는 싫다고 했었지, 지금도 그래?"

나는 고개를 끄덕였다.

"언젠가 유부녀를 싫어하는 이유를 내게 말했던 것 같은데, 기억해?"

"어디서 그런 말을 했더라?"

"롯폰기일거야, 그 집은 이미 망하고 없지만, 수염 기른 마스터가 있던 가게 기억나? 그 친구 아내가 바람이 나서 남자하고 도망쳐버렸지. 그건 아무래도 좋지만, 자네가 내세우는 이유는 설득력이 없었어. 다시 한 번 말해줄래. 우연히도 이렇게 파리에서 만난 기념으로 말이야."

"그러니까, 유부녀란, 나 외의 다른 남자의 보호를 받고 있잖아?"

"글쎄다, 정말로 보호해주는 놈이 있을까?"

"다른 남자가 봉사해주는데 내가 일부러 다시 봉사해줄 필요가 없잖아."

우리는 디저트를 생략하고 에스프레소를 마시고, 그 다음에 칼바도스를 주문했다.

"지난번 이야기를 반복하는 걸 테지만, 아무래도 섹스관이 다른 것 같아. 자네는 유부녀와 하는 것을 봉사라고 생각하지?"

"그럼 아니란 말이야?"

"응, 절대로 아냐. 설명하기 귀찮으니까 그만두지."

"지난번과 마찬가지로군."

"지난번에는 이 테마로 밤새도록 이야기했지. 이번에는 록폰기가 아니라 파리니까 분위기도 더 좋잖아. 한 번 서로를 알게 되면 모든 것이 매끄럽게 풀려나가는 법이야. 아무것도 바뀐 게 없는데도 불구하고."

세 잔째 칼바도스를 비웠을 때, 바로 옆 테이블에 놓인 오징어 먹물 스파게티를 보고 그는 미간을 조금 찡그렸다.

"파리에는 자주 와?"

미간에 주름이 잡힌 채 그가 물었다.

"작년부터 자주 오게 됐어."

"내가 절대로 오징어 먹물 스파게티를 먹지 않는 이유인데, 이 야기해도 되겠어?"

그렇게 묻고 그는 이야기를 시작했다.

"우리 테니스 클럽에, 왜 있잖아, 백핸드를 칠 때면 몸을 비트는 섹시한 유부녀 생각나? 예외적으로 그녀와는 벌써 삼 년이나 계속하고 있어. 여하튼 나는 섹시한 여자에게는 약한 편이야. 이혼 사유도 바로 그거였으니까. 이제 막가는 인생 갈 때까지 가보자고 작정했지. 그런 기세로 일을 하다보니 모든 게 잘 풀리더군."

거기까지 이야기하고, 그는 다시 옆 테이블의 검은 소스를 바라보았다.

"자네, 아이 있어? 아, 생각나는군. 아직 어리지. 우리 아이는 아내가 맡았는데 벌써 중학생이야. 하나 충고하겠는데 중학생이 되면 그냥 외국의 사립학교에 보내버려.

아내에게 늘 입버릇처럼 하는 말이지만, 너무 외로움을 잘 타는 사람이라 씨가 먹히질 않아. 한 달에 한 번 아들과 식사를 하지만, 이게 말이야, 정말 힘들어. 이 자식은 절대로 입을 열지 않는 거야. 나를 그렇게 싫어하는 것 같지도 않은데, 여하튼 말을 안 해. 반 년 전부터야. 기분은 나쁘지만 나도 아들 녀석을 보고 싶으니까, 최소 한 달에 한 번은 만나야 해. 물론 녀석은 입을 열지 않으면서, 약속 장소에는 반드시 나타나.

온갖 데를 다 데리고 다녔어. 맥주 정도는 마시게 하고 있지. 나는 열심히 말을 하는데, 이게 통하질 않는 거야. 학교 이야기건 여자 이야기건 전혀 통하질 않아. 고개를 끄덕이기도 하고 흔들기도 하면서, 빙긋이 웃을 뿐이야. '정 말하기 싫다면 앞으로는 만나지 않을 거야.' 하고 화를 내고 싶지만, 떨어져 사니까 아무래도 풀이 죽을 거라는 생각이 들어서 심한 말은 못 해.

그런데 지난달의 일이었어. 니시아자부에 있는 그 식당, 유명한 이탈리안 레스토랑으로 갔어. 여전히 아들놈은 아무 말도 않고, 나도 그 날은 너무 피곤해서 아무것도 묻지 않았어. 코스 요리를 주문했으니까 웨이터를 불러 주문할 일도 없었지. 하여튼 우리 둘은 남이 보기에 참 이상한 손님이 된 셈이야.

마지막으로 파스타가 나왔어. 그 식당은 마지막에 항상 파스타가 나오니까, 바로 그 마지막 요리가 오징어 먹물 스파게티였단 말이야.

'너 이거 아니?'

하고 내가 물었지,

'이 스파게티를 먹다보면, 시커먼 똥 생각이 나.'

하고 말했더니, 아들놈이 '엣! 정말?' 하고 눈을 동그랗게 뜨더군. 도무지 무슨 영문인지는 모르겠지만, 똥이라는 말 때문에 반 년 만에 우리는 대화를 시작하게 된 거야.

그 다음날 전화가 걸려왔어. 너, 일 년 만에 전화하는 거 알지? 하고 말했더니,

'아빠, 정말이었어, 똥이 새카맣게 나왔어.'

하고 기쁨에 들뜬 목소리로 말하더군. 그리고 바로 그때 나는 예의 유부녀와 대낮부터 기마 자세로 그 짓을 하고 있었던 거야. 염소 젖통 같은 여자의 유방이 흔들리는 것을 보면서, '그랬구나, 역시 시커멓게 나왔단 말이지. 그 봐, 내 말이 맞잖아.' 하는 순간 페니스에 힘이 쏙 빠지더군.

아들에게 온 전화인 걸 알고 그 여자도 이해해주었어. 나는 축 늘어진 페니스를 빼내고 화장실로 갔지. 당연한 일이지만, 나도 새카만 똥을 쌌어. 그랬더니 말이야, 어이, 웃지 마, 내가 너무 가련한 인간이란 생각이 드는 거야. 그래서 난, 울어버렸어. 새카만 똥을 보고, 난 울어버린 거야."

알겠어? 하고 그는 심각한 표정으로 묻고, 내가 고개를 끄덕이자, 거짓말, 하고 고개를 가로 저었다.

그 후로, 새카만 똥을 볼 때마다 나는 울음을 억지로 참아야 했어, 하고 그는 말했다.

"그래서 나는 절대로 오징어 먹물 스파게티를 먹지 않아."

184

담뱃불의 기억을 날려버린 산초된장 냄새

| 산초 요리 | 산초 열매를 섞은 된장을 태운 것.

이 가게는 옛날, 신주쿠 주니소에 있었다.

지금은 장소를 나카노로 옮겼지만 분위기는 옛날 그대로다. 마담은 게이샤 출신인데, 노래방 기계가 발명된 지금의 게이샤와는 달리, 기모노 차림이나 머리카락에서 몸짓 하나, 손가락 끝에 이르기까지 철저하게 게이샤 정신이 밴 대단한 미인이다.

단골들만 찾아오는 가게로, 다섯 명 정도 앉을 수 있는 카운터 좌석과, 방석이 놓인 상이 둘 있고, 바깥에는 네온도 간판도 없다.

가게 명함에는, 에도다치바(江戸立場) 요리, 라고 되어 있다. 다치바(立場)가 무슨 뜻인지 늘 물어본다고 하다가, 요리와 술이 너무 맛있어서 그만 정신을 잃어버리거나, 마담의 우아한 모습을 대하는 순간 그만 질문할 기회를 놓치고 마는 것이다.

그런 가게여서, 나처럼 영어를 많이 쓰는 인종들은 거의 오지 않는다. 정재계의 거물들이 주로 찾아오는 것이다.

그 가게가 아직 주니소에 있었을 때, 나는 어떤 유부녀의 안내를 받아 가본 적이 있다.

그녀와 처음 알게 된 것은 20대 중반, 그때 나는 대학을 나와서 광고대행사에 취직하여 CF 제작 조수 일을 하고 있었다. 그 유부녀는 나보다 아홉 살 연상이었다.

그녀는 전통복을 취급하고 있었는데, 마담과 친한 사이였다. 주고받는 말이나 몸짓으로 보아 절친한 사이라는 것을 알 수 있었다.

나는 다른 남자의 여자를 빼앗는 데에 저항감을 느끼는 타입이다.

관계를 맺은 유부녀는 그녀뿐이다.

CF 촬영 현장에서 우리는 만났다. 벌써 10년도 넘었다. 대형 백화점 전통복 페어의 광고 필름이었다. 조수란 간단히 말해 심부름꾼이다.

처음 그녀를 보았을 때를, 결코 잊을 수 없다. 캐시미어로 된,

엷은 베이지 색 코트를 입고, 라이트 그늘에 서 있었다. 모델에게 기모노를 입혔다 벗겼다 하느라 촬영은 심야까지 계속되었다. 나는 야식을 사러 가야 했다. 햄버거와 콜라 수를 확인하면서 출구로 나가는데 그녀가 불러 세웠다.

혹시 약국 문이 열려 있으면 두통약 하나만 사다주세요…….

새벽 2시에 문을 연 약국이 없어서, 나는 택시를 타고 신주쿠의 번화가로 가서 두통약을 사야 했기 때문에, 왕복 1시간을 소요했고, 그래서 프로듀서에게 약 30분이나 쓰레기 같은 놈이란 욕을 먹어야 했다.

두통약의 포장지를 보고 내가 신주쿠까지 갔다는 사실을 안 그녀는, 미안해요, 하면서 프로듀서 쪽으로 걸어가려 했다. 나는 그녀를 제지했다.

나 때문에 당신이 욕을 먹었잖아요? 설명하고 올게요…….

제발 그만두세요, 라고 나는 사정했고, 그녀는 그 이유를 알고 싶어했다.

"회사를 그만둘 생각이었습니다."

촬영이 끝난 다음, 그녀의 아파트 옆에 있는, 피아노 곁에 조그만 카운터가 붙어 있는 바에서, 나는 말했다.

"오래 망설여왔습니다. 아직 스물네 살밖에 안 되었고, 영화를 찍고 싶긴 하지만 아직 자신도 없고, 그래서 오늘 결론을 내렸습니다. 지금 당장일지 아닐지는 모르겠지만, 그만둘 생각입니다."

"자, 그럼 내가 당신이 결정을 내리도록 도와준 셈이군요."

그녀는 캐시미어 코트 안에, 와인 레드 색 수트를 입고 있었다. 연상인 줄은 알았지만 아홉 살이나 위일 줄은 생각지 못했다. 단정한 얼굴에다 소박하고 빈틈없는 화장, 그리고 우아한 투피스 때문에 아홉 살이나 많게는 보이지 않았던 것이다.

"그렇습니다. 그래서 나는 오히려 감사하고 있습니다."

그렇게 말하자 그녀는 작은 소리로 웃고, 바의 마스터에게 핑크 샴페인을 가져오게 했다. 그 당시 나는 샴페인에 대해서는 전혀 몰랐는데, 기억에 남아 있는 병 모양으로 봐서 푸르그의 로제인 것 같다.

"우리 건배해요."

우리는 샴페인 다음에 와일드터키를 스트레이트로 마시고, 날이 밝아오는 거리를 비틀거리며 그녀의 아파트 앞까지 갔다.

"내 동생보다 네 살이나 아래야."

옷을 벗고 침대에 들어가면서 그녀는 그렇게 말했다. 나는, 잇몸을 애무하는 그녀의 혀 감촉을 느끼면서, 취한 머리로 현관에 놓여 있던 남자 구두와 문패에 쓰여진 남자 이름을 생각하고 있었다.

"왜 그래?"

내 위로 몸을 겹치면서 여자가 말했다.

"괜찮아, 남편은 지금 없어, 교토에 갔어."

나는 발기하지 않았다.

"괜찮아."

하고 그녀는 손과 혀와 온몸으로 나를 자극했다. 잠이 오는 것도 아니고, 토악질이 올라오는 것도 아니고, 분명 흥분한 상태였지만, 불가능했다.

"아줌마를 싫어하니?"

내 몸에서 내려와 그녀는 담배를 피워 물며 물었다. 그렇지 않아요, 라고 나는 대답하고, 그녀의 매끄러운 어깨에다 입을 맞추었다.

"남편이 마음에 걸리니?"

나는 고개를 가로 저었다. 그러자 그녀는 불이 붙은 담배를 내 젖꼭지에 아슬아슬하게 갖다댔다.

"움직이지 마."

묘한 냄새가 났다. 젖꼭지 주변의 털이 타는 냄새라는 것을 알기까지는 약간의 시간이 필요했다. 이윽고 불이 붙은 담배가 아랫배 쪽으로 내려가고 그 냄새는 더욱 짙게 침대 주변의 공간을 감쌌다.

"이상한 여자라고 생각하니?"

일을 끝낸 다음 그녀가 물었다. 모르겠어요, 하고 대답하는 나의 관자놀이의 땀을 핥으면서 그녀는 낮은 소리로 웃었다.

두 달 후 나는 회사를 그만두었고, 그녀와의 관계는 일 년 남짓 계속되었다.

주니소로 안내받은 것도 그때였다.

그 해의 크리스마스가 끝난 날, 주니소에서, 더 이상 만날 수 없어, 하고 그녀는 말했다. 무슨 말이든 하고 싶었지만 입이 떨어지지 않았다. 그녀도 이유에 대해서는 아무 말이 없었다. 두 사람은 입을 다문 채, 작은 새우가 든 전채와, 고등어와, 전복찜을 먹고, 우아한 유리잔으로 탁주를 마셨다.

"겨울이지만, 그거 만들 수 있을까?"

그녀의 말에 마담은 고개를 끄덕였고, 잠시 후 한 번도 본 적 없는 요리가 나왔다. 주걱 위에, 표면이 탄 된장이 붙어 있었다. 그냥 그것뿐이었다. 된장은 엷게 발라져 있고, 매력적인 향기가 났다. 한 조각 입에 넣어보니 강렬한 맛이 혀를 자극했다.

보통은 여름에만 하는 건데, 하고 마담은 웃었다.

"짜릿하지? 산초야. 여름의 더운 날씨에도 이걸 맛보면 식욕이 나."

그렇게 말한 마담을, 날카로운 눈으로 바라보고, 좋아, 하며 그녀는 젓가락으로 된장을 집어 한번 핥고는, 단숨에 탁주를 들이켰다.

산초 열매를 섞어 불에 태운 된장 냄새는, 줄곧 나의 기억 속에 한 자리를 점하고 있던 담뱃불로 젖꼭지 주위의 털을 태우는 냄새를 단숨에 날려버렸다.

그 냄새와 혀를 자극하는 탄 듯한 에도의 맛은, 헤어지는 이유를 묻지 마, 하고 나에게 명하는 것 같았다.

가게를 나서서 우리는 아카사카의 나이트클럽에 갔고, 서로 아무 말도 않은 채 혀를 빨면서 칙 댄스를 추었다. 나이트클럽이 끝나고, 우리가 처음 갔던 피아노 바에 가서, 오랜만에 핑크 샴페인을 마셨다. 다른 손님이 전부 돌아간 다음, 좋은 크리스마스였니? 하고 그녀는 물었다. 우리는 크리스마스에는 만나지 않았던 것이다. 나는 고개를 가로 저었다.

"우리, 샴페인과 케이크를 들고, 바다로 가."

내 손을 잡으며 그녀는 그렇게 말했다.

아무도 없는 야마시타 공원에서, 우리는 추위에 떨면서 샴페인을 마시고, 팔다 남은 케이크를 먹었다.

우리는 아무 말도 없이, 날이 밝아올 때까지 서로의 혀를 탐했다. 샴페인을 마셔도, 케이크를 먹어도, 키스를 거듭해도, 눈물이 흘러내려도, 토악질을 해도, 저, 불에 탄 된장에 섞인 산초 열매의 향기와 혀를 자극하는 강렬한 맛은 사라지지 않았다.

우리는 그 이후로 만나지 않았다.

그녀가 교토에 있다는 이야기를 들었지만 나는 찾지 않았다.

에도다치바 요리 가게에는 지금도 자주 간다.

여름에는 산초 열매가 든 불에 탄 된장을 먹을 수 있지만, 그녀
와의 일은 문득 한 번씩 스쳐가듯 떠오를 뿐이었다.

물론 마담은 그녀에 대해 한마디도 하는 법이 없다.

Subject 24

바다 먹는 여자

| **바다맛 파스타** | 2.3센티미터의 아주 가는 파스타에 새우를 넣고 조개나 생선 수프로 삶은 후, 파스타만을 오븐에 살짝 구운 것.

그 여자가 먼저 미소를 보내왔다.

바르셀로나의 유명한 공원에서였다. 공원은 높은 지역에 있고 안토니오 가우디가 설계한 것이다.

나는, 포르투갈과 스페인의 리조트를 둘러보면서, 프로모션 비디오 촬영을 하는 도중이었다. 노후를 포르투갈이나 스페인에서 보내겠다고 하는 사람이 많다는 것이, 스폰서를 맡은 부동산회사의 주장이었다.

스케줄 때문에 이틀 정도 바르셀로나에 머물게 되었고, 비로소 나는 네 명의 스태프에게 휴식을 줄 수 있었다.

늘 빠듯한 예산으로 촬영을 해야 하기 때문에, 스케줄은 이동의 연속이고, 카메라맨들은 피로가 극에 달해 있었다.

촬영 자체가 그리 빡빡한 건 아니었지만, 이베리아 반도의 해안선을 따라, 가능한 한 많은 리조트를 필름에 담아야 했기 때문이다. 렌터카를 시속 100킬로미터로 달려, 30분 촬영, 또 100킬로미터 달려 촬영, 그런 다음 호텔에서 휴식을 취하고, 다음날 이른 아침에 국내선을 타고 공항에서 다시 렌터카를 타고 달려, 촬영…… 그런 날을 벌써 2주일째 보내고 있는 것이다.

"관광이세요?"

가우디가 디자인한 벤치가 있는 공원에서, 그녀는 미소를 띠고 나에게 접근해 왔다. 유럽의 관광지에서 흔히 볼 수 있는 타입의 여행자였다. 한결같이 똑같은 차림새다. 모자를 쓰고, 청바지에 소매가 긴 셔츠, 허리에 두른 조그만 백, 발에는 스니커(고무창 운동화 — 옮긴이), 손에는 지도, 배낭을 짊어지고 있다.

"아, 일 때문에 오셨군요."

혼자서 여행하는 여자는 드물다. 게다가, 방긋방긋 웃으면서 말을 걸어오는 여자는 더 드물다. 여자들은 대체로 두세 사람이 한 팀을 구성하고 있는데, 아, 일본사람이군, 보기 싫어, 하고 그냥 지나쳐버리는 것이 습관이 되어 있다.

"저, 사진 좀 찍어주시겠어요?"

바르셀로나의 거리를 배경으로 사진을 찍어주었다. 옆얼굴이

더 매력적인 것 같아 좋은 각도를 잡으려다, 문득 나는 기시감(旣
視感)에 사로잡혔다. 파인더 속의 여자도 아니고, 눈앞의 바르셀로
나 거리 풍경도 아닌, 뇌의 어딘가에 새겨져 있는 기억이 피부를
뚫고 불쑥 햇살 아래로 모습을 드러내는 것 같았다. 셔터를 누른
후에야 나도 모르게 식은땀을 흘리고 있다는 것을 알았다.

"어디 아프세요?"

허리에 맨 작은 백 안에 카메라를 집어넣으면서 그녀가 물었고,
나는 영문 모를 기시감에 대해 이야기했다.

"난, 경험, 없어요."

모자이크 타일의 벤치에 앉아, 턱을 괴고, 흥미롭다는 듯이 그
녀는 나를 바라보고 있다.

"데자 뷰라는 말은 알고 있지만, 그것, 누구에게나 있는 거예
요?"

"분열병적 성격을 가진 사람에게 자주 나타나는 현상이라고 하
더군요."

"그럼 곤란한데."

"아니, 자폐증이었던가, 나는 자주 이래요."

"꿈, 꾸세요?"

"네, 선명한 꿈을 꾸는 편이죠."

"난, 별로 꿈을 꾸지 않아요. 꿈과도 관계 있을까요?"

"그럴 겁니다. 아마도 관계가 있을 거예요. 언젠가 꿈속에서 본

광경이라는 느낌을 가질 때도 있으니까요."

내가 그렇게 말하자, 여자는 생각에 잠겼다. 나이는 어느 정도일까. 몸집이 작아서 젊어 보이기는 하지만 아마도 20대 후반일 것이다.

오랜만에 여자와 이야기를 나누고, 묘한 안도감을 느꼈다. 그녀는 남의 이야기를 잘 들어주는 타입이었다.

"가우디, 어떻게 생각하세요?"

벤치의 모자이크를 손가락으로 쓰다듬으며 그렇게 물었다.

"어떻게라니요?"

"좋아하세요?"

"딱히 좋고 싫고도 없어요."

"방금, 꿈 얘기를 듣고 생각이 났어요. 난 정말 가우디를 동경했어요. 어떻게 설명해야 좋을지 모르겠지만."

"뭔가를 기대하고 있었다는 말인가요?"

"그래요, 뭔가 있을 것 같은 생각이 들었어요."

"그럼 기대에 어긋났다는 겁니까?"

그렇게 묻자, 그녀는 고개를 갸우뚱했다.

"잘 모르겠지만, 실물을 보면 정말 대단할 거라는 기대는 했었어요."

"성가족교회는 대단하잖아요, 벌써 보았겠죠?"

그녀는 고개를 끄덕였다.

196

"만일, 다른 예정이 없다면, 다시 한 번 보러 가지 않겠습니까?"

우리는 성가족교회 곁에 있는 카페에서 맥주를 마시고, 햄 샌드위치를 먹었다.

"아까 이야기 말인데요."

그녀는 안토니오 가우디에 대해 거의 완벽한 지식을 가지고 있었다. 그의 탄생에서 작품, 예술적 신조, 그에 대해 쓴 소설, 평론, 나아가 가우디의 건축물을 모티프로 만든 CF의 디렉터 이름까지 알고 있었다.

"반대라는 느낌이 들지 않으세요?"

딱딱한 빵과 햄을 씹으면서 그녀는 물었다.

"뭐가 반대란 말이죠?"

"나는 기시감의 반대 같은 느낌이 들어요. 꿈을 꾸셨다고 했죠? 나는 실물을 보고, 그만, 꿈에서 깨어난 듯한 느낌이 들어요."

"정말 실망했나요?"

"사실은, 정말 대단한 것을 보게 될 거라고 기대했었거든요. 오래 전부터. 그런 내가 잘못이죠."

그렇지 않아요, 하고 나는 그녀를 위로했다.

"내게도 몇 번 그런 경험이 있어요. 파리에서 자동차 CF 촬영을 할 때였는데, 내가 동경하던 여배우를 모델로 썼어요. 내 멋대로 그녀에 대한 이미지를 만들어두고 있었던 거죠. 실물을 본다는 것은, 정말 행운이죠. 당신은 잘못한 게 없고, 가우디만이 유일한 예술가도 아니니까. 그리 괘념치 마세요."

나는 그렇게 위로했지만, 그녀는 씁쓸하게 웃으면서, 사실은 또 하나 문제가 있다고 말했다.

귀국해서 결혼할 예정이라고 했다. 남자가 그녀에게 가우디를 가르쳐주었다. 그녀는, 안토니오 가우디를 정열적으로 찬양하는 그가 무척 좋았던 것이다.

아, 그건 참 곤란하게 되었군요, 하고 말하며 나는 웃었다.

"정말 그래요."

맥주 거품을 입가에 묻힌 채로 그녀도 웃었다.

"그 사람은 가우디를 실제로 보았나요?"

"보지 못했어요."

"왜 같이 오지 않았죠?"

"신혼여행 때 다시 한 번 올 생각이었지만, 묘한 예감이 들어서, 그래서 그에게는 마음을 정리해야겠다고 말하고, 바르셀로나에 온 거예요."

"그렇지만, 실망한 것치고는, 무척 명랑해 보이네요."

"이렇게 이야기를 나누고 있기 때문이겠죠. 어제까지만 해도 정말 우울했으니까요."

"그가 싫어질 것 같아요?"

"싫어지지는 않겠지만, 우리 둘은 가우디를 통해 만난 거나 마찬가지예요. 아직 섹스도 하지 않았어요."

나는 그녀를 저녁식사에 초대했다.

그 요리를 한 입 물고 그녀는 놀라워했다. 바르셀로나에서 해안선을 한 시간 가량 북상하여 항구에 거의 접해 있는 레스토랑이었다.

나는 먼저 그녀의 새끼손가락만한 작은 새우 찜과, 왕새우 튀김과, 길다란 삶은 조개를 주문하고, 백포도주 한 병을 비운 다음 그 요리를 주문했다.

일종의 파스타였지만, 믿을 수 없을 정도로 손이 많이 간 것이다. 아주 가는 파스타를 토막낸 것 같은 2,3센티미터 길이의 면이 바닥이 얕은 냄비에 들어 있다. 우선 그 파스타를 크고 작은 새우와 함께 센 불에 볶는다. 그 다음에, 조개 아니면 생선 수프를 만들고, 그 수프로 파스타를 삶는다. 삶는다고 하기보다는 거의 볶는 쪽에 가깝다. 물기가 없어지면 새우, 생선의 살과 뼈, 조개를 전부 골라낸다. 맛이 배인 파스타만을, 오븐에 넣어, 살짝 굽는 것이다.

그녀가 놀란 것도 무리가 아니다. 이탈리아에서 데리고 온 카메라맨이 스페인 만세를 외쳤을 정도였으니까.

"마치 바다를 먹는 것 같아요"

라고 그녀는 말했다.

우리는 바르셀로나로 돌아와, 플라멩코를 보면서 스페인 샴페인을 한 병 비우고, 꽤 취해버렸다.

헤어질 때, 뭔가를 기대하는 것도 괜찮은 것 같다는 생각이 들어요, 하고 그녀는 말했다.

나는, 솔직히 말해 그녀에게 호감을 느꼈기 때문에, 섹스를 하면 그 파스타를 먹는 것보다 더 기분이 좋다고 말해주었다.

그녀는 볼이 발개지며 고개를 끄덕였지만, 사실 나는 '바다를 먹는 것 같은' 맛을 가진 그 파스타보다 진한 섹스를 해본 적이 없다.

그러나, 아마도 그녀는 행복해질 것이다.

행복이란 무엇인가를 아는 것이기 때문이다.

어머니의 수프

| **수프** | 서양 요리에서, 고기·야채 등을 삶아서 맛을 낸 국물.

유럽의 도시에는 한결같이 묘한 폐쇄감이 감돈다.

돌에 둘러싸인 좁은 골목길에 휘말려들면 도무지 어디가 어딘지 알 수가 없다. 지도 없이 길을 가다가는 금방 미아가 되어버린다. 외적의 침입에 대비하여 일부러 꼬불꼬불한 길을 만들고 건물을 세우고 벽을 높이고 길을 좁게 한 것 같다는 생각을 하면서 걸어가노라면, 문득 시계가 열리면서 커다란 교회가 나타나기도 한다. 부자연스럽게 높은 첨탑, 광장과, 분수와, 그곳을 무대로 살아가는 비둘기떼. 폐소공포증과 광장공포증을 모두 가진 사람은 유럽에서 살아가기 힘들 것이다.

처음 방문한 빈도 예외는 아니었다.

"그럼, 황금 삼각지의 바를 한 바퀴 돌면 되겠어요?"

호텔 로비에서 우리를 기다리고 있던 가이드가 능숙한 일본어로 그렇게 말했다. 중년의 헝가리 여성이었다.

"그렇습니다. 그냥 술 한잔하고, 대표적인 술집 몇 군데만 가보면 됩니다."

하고 내가 말했다. 스페인의 리조트지에 산재한 많은 별장을 비디오 테이프에 담은 다음, 나와 디자이너 둘만 빈에 들렀다. 사흘이라는 짧은 체재 기간 동안, 바와 나이트클럽을 취재하는 것이다. 비디오 촬영은 하지 않는다.

"정말 가보기만 하면 되는 겁니까?"

도쿄에서 4년 살았다는 여자 가이드는, 이해할 수 없다는 듯이 그렇게 물었다.

"그래요, 도쿄에서는 지금, 여러 가지 스타일의 바가 유행하고 있습니다. 예를 들면 뉴욕의 다운타운 스타일이라든지, 마이애미 비치 스타일, 멕시코나 타히티 스타일 같은 것도 있습니다. 스타일을 선택하는 데 도움을 주고 보수를 받는 사람도 있는데, 그 사람이 우리에게 일을 부탁한 겁니다. 요즘 빈에는 젊은 사람들을 대상으로 한 새로운 바 거리가 생기지 않았습니까?"

"네, 구시가지의 삼각지에 모여 있지요."

"오래된 와인 창고라든지, 교회 지하를 이용하고 있다고 하던데요?"

"그래요, 식사를 마치면 가보도록 해요, 바로 옆이니까요."

저녁은 호이리게라는 선술집에서 먹었다. 체코의 프라하에도 이와 비슷한 가게가 있었는데, 요컨대 비어홀과 식당을 합한 듯한 가게였다. 지방에 가면 맥주는 없고, 와인만 있는 가게가 더 많다고 한다. 요리도 간단한 것뿐인데, 소시지나 감자와 고기를 갈아서 튀긴 것, 햄이나 살라미(salami : 마늘로 맛을 낸 소나 돼지 창자에 고기를 다져 넣어서 말린 것 — 옮긴이), 거기에 샐러드가 덧붙여 나오는 정도이다.

여자 가이드는 술이 들어가자 말이 많아졌다. 헝가리 동란, 소비에트, 망명, 미국인과 한 번 결혼한 경력, 도쿄에서 조지 대학에 다녔던 일, 현재는 빈 대학에서 일본문학을 공부하고 있다는 것 등. 디자이너는 오토바이 외에는 흥미가 없는 과묵한 청년이라 헝가리 동란에 대해서는 아무것도 몰랐다. 나는 혼자 그녀의 이야기를 들어주고 있었다.

삼각지의 바 거리를 걸을 때도 그녀는 '저건 교회, 저건 페스트 구제의 동상'이라고 안내하면서 자신의 개인사를 계속해서 이야기했다. 공기라는 것은 정말 불가사의한 것이다. 가죽 블루종을 입었는데도 몸이 서늘한 10월의 빈의 냉기가, 나에게는 너무도 멀고 먼 헝가리 동란이라는 사건에 선명한 윤곽을 그려주는 것이다. 건물의 벽이나 포도에 깔린 돌에 피의 흔적이 되살아나는, 그런 직접적인 것은 아니다. 차가운 돌이 정서를 거부하기 때문일 것이다. 돌담과 돌길에 둘러싸여 있으면, 여자 가이드가 말하는 친구와 가족의 죽음이, 내 속에서 자연스럽게 이미지로 떠오르는 것이다.

"이상한데?"

하고 드물게도 디자이너가 우리를 바라보며 말했다.

"길을 가는 사람은 별로 없는데, 가게마다 전부 만원이잖아."

그랬다. 카운터만 있는 자그마한 바에서, 교회의 지하예배당 자리를 그대로 사용한 재즈클럽, 아르 누보의 철책이 있는 와인펍, 로코코풍으로 장식된 관광객을 위한 호화로운 나이트클럽까지, 어느 곳이나 사람들로 가득했다.

우리는 새벽 2시까지, 일고여덟 군데의 술집을 돌아보았다. 담배 연기, 독한 증류수 냄새, 바닥에 떨어진 흑맥주의 거품, 그 속을 수많은 나라의 언어가 한덩어리가 되어 떠돌고, 뉴올리언스 재즈와 레게와 삼바가 흐른다.

여자 가이드는 역사 해설을 그만두고, 우리들의 연애관에 대해 물었다. 일본에서는 지금 플라토닉 러브가 유행하고 있다고 내가 말하자, 그런 터무니없는 일이, 하고 고개를 갸우뚱거리며 웃었다.

"야, 따뜻하다는 게 이렇게 좋은 줄 몰랐어."

차가운 돌이 깔린, 아무도 다니지 않는 포도를 걸어 다음 가게로 들어갈 때마다, 디자이너는 그렇게 말했다. 왜 꼭 빈의 바를 참고로 할 필요가 있느냐고, 여자 가이드는 이상해했다. 일본에는 일본에 맞는 술집이 많지 않은가요? 거기, 뭐라더라? 유라쿠초? 맛있는 닭꼬치집이 많잖아요? 왜 풍습이 다른 나라의 바를 흉내내려 하는 거죠?

돈이 남아돌아서 그렇겠죠 뭐, 하고 내가 대답했지만, 그녀는 이해할 수 없다고 했다.

다음날, 바덴이라는 교외에서 온천을 즐기고, 빈의 숲을 산책하기로 했다.

바덴으로 향하는 차 안에서, 스페인 새우가 참 맛있다는 이야기를 시작으로, 화제는 요리로 바뀌었고, 지금까지 먹은 것 중에서 가장 맛있는 것이 뭐였는지, 한 사람씩 이야기해보기로 했다.

나는 교토의 자라라고 주장했지만, 디자이너도 여자 가이드도 자라를 먹어본 적이 없었기 때문에 전혀 이해하지 못했다.

요리라고는 할 수 없겠지만, 하고 단서를 달면서 디자이너가 말을 시작했다.

"친구와 둘이서 오토바이를 타고 캘리포니아의 사막을 달린 적이 있어요. 학생시절이었으니까 벌써 오륙 년 전의 일이죠. 어느 마을에서 레스토랑에 들어갔는데 메뉴에 생굴이 있는 겁니다. 지금이라면 절대로 캘리포니아 사막의 생굴 따위는 먹지 않겠지만, 히로시마 출신이라 생굴을 정말 좋아하는 편입니다. 여름이었는 데도, 처음 가보는 미국이라, 과연 어떤 맛일까 하고 먹어보았지요. 그 다음이 정말 대단했습니다. 죽는 줄 알았다니까요. 지저분한 얘기지만 십 분마다 설사를 하는데, 물론 아무것도 먹지 못했어요. 오토바이로 몇십 킬로미터를 달려야 다음 마을까지 갈 수 있으니까요. 이틀째가 되어도 아무것도 입에 대지 않자, 친구가 걱정을 하더군요. 뭐든 먹어야 한다고. 오토바이를 타고 가다가 허기져서 쓰러지면 위험하잖아요? 그래서 어느 마을에서, 사과를 사주더군요. 나는 그 친구에게 갈아달라고 했어요. 정말 사치스런 부탁이죠. 그 친구는 거칠거칠한 콘크리트 조각을 하나 주워 오더니, 그것을 깨끗이 씻어서, 사과를 갈아주었지요. 야, 정말 맛있더군요. 지금까지 먹어본 어떤 것보다 맛있었어요. 그 친구와는 지금도 절친한 사이죠. 그때의 사과가 내게는 최고의 요리였다고 할 수 있지요."

설득력 있는 그의 언변에, 여자 가이드는 브라보 하고 손뼉을 쳤고, 응, 그런 심정은 충분히 이해가 가, 하고 나도 고개를 끄덕였다.

그럼, 내 차례군요, 하고 여자 가이드는 아우토반을 흘러가는 먼 풍경을 바라보며, 역시 수프예요, 하고 중얼거렸다.

"수프?"

"그래요, 따뜻한 수프, 마음까지 녹여버리는 수프."

"어떤 수프?"

"마음이 든 수프."

"어머니의 수프?"

"그래요, 헝가리의 수프는 정말 맛있어요."

그 이상, 나도 디자이너도 묻지 않았다. 우리의 뇌리에 다시금 저 빈의 차가운 포도가 떠올랐기 때문이다. 저 차가운 돌길을 걸어 집으로 갔는데, 따뜻한 빵에 따뜻한 수프가 있었다면, 그런 상상만으로도 그녀의 말을 이해할 수 있을 것 같았다.

빈의 숲속에 있는 호텔의 다이닝 룸에서, 우리는 헝가리 요리를 먹었다. 살라미와 푸아 그라, 사슴 고기에 과육을 듬뿍 넣어 삶은 스튜, 무지개송어 뫼니에르(meunière : 생선 버터 구이 — 옮긴이), 그리고, 수프.

나와 디자이너는, 허브와 마늘과 달걀로 만든 수프, 여자 가이드는 잉어와 토마토로 만든 수프를 먹었다.

"그렇지만, 맛있는 수프는 좀 두려워요."

그녀는 토마토의 빨강과 잉어의 투명한 기름이 아름답게 조화된 수프를 입으로 떠넣으면서 그렇게 말했다.

"두려워요?"

"그래요."

"그건 또 무슨 뜻이죠?"

"옛날에, 그런 생각을 한 적이 있어요. 부다페스트에 돌아갔을 때 옛친구를 만났죠. 그 친구, 망명하고 싶어했는데, 망명하지 못했지요. 지금도 망명하고 싶어해요. 그런 이야기를 하다보면 외로워지고 슬퍼지잖아요? 난, 정말 복잡한 심경이었어요. 그렇지만, 집에 돌아와서, 어머니가 만들어주신 수프를 먹고, 이것과 똑같은, 토마토와 잉어로 만든 수프, 겨울이었죠. 너무 따뜻하고 맛있어서, 그만 친구의 일을 잊었죠. 일순간에, 전부 잊어버렸어요. 그 친구의 고민, 고뇌, 잊어버렸어요. 그건, 좀 두려운 일이 아닐까요?"

잊어도 괜찮지 않을까요, 어쩔 수 없잖아요, 하고 디자이너가 말했고, 나도 동의했다.

우리는, 허브와 마늘과 달걀로 만든 수프를 먹으면서 얼굴을 마주보고, 고개를 끄덕였다. 그 수프는, 약간 달콤하면서, 허브와 마늘 향기가 알맞게 목을 자극하고, 부드럽게 녹은 달걀이 혀 위를 구르는, 한숨이 나올 것 같은 맛이었다.

이 수프도 좀 무서워, 내가 그렇게 중얼거리자 세 사람이 동시에 웃었고, 다음 순간, 웃음이 딱 멈추었다.

친구, 가족, 애인, 수프가 누구의 고뇌를 잊게 만들었는지, 우리는 곰곰이 생각했던 것이다.

너무 아름다워서 무서운 여자

| 오리 푸아 | 오리 간을 캐비지에 싸서 먹는 프랑스 요리.

거리에서 스쳐지나가면 누구든 뒤를 돌아보고, 가까이에서 바라보면 누구든 숨을 딱 멈추어버리는, 그런 여자였다.

"남자는 모두 내게 친절해요."

처음 만났을 때, 참을 수 없다는 듯한 말투로 그녀는 말했다.

만난 장소는 캐나다 대사관이었다. 나는 브리티시컬럼비아 관광 프로모션 비디오를 만들기 위해 자료를 빌리러 갔고, 그녀는 여름방학 동안 계약제로 아르바이트를 하고 있었다.

말을 걸어온 쪽은 그녀였다.

"실례지만, 어떤 일을 하세요?"

비디오를 만들고 있어, 나도 놀랄 정도로 차갑게 대답하고 말았
다.

그녀는 안내실 바로 옆에서 서류 정리를 하고 있었고, 나는 관
광국의 담당자를 기다리고 있었다. 뜨거운 홍차를 한 잔 마실 동
안 그녀는 말없이 서류를 보면서 일을 했고, 이윽고 얼굴을 들어
올리더니, 어떤 비디오인데요? 하고 물어왔다. 마치 어린아이가
아무것도 아닌 것을 손가락으로 가리키며, 이게 뭐야? 하고 심심
풀이로 묻는 듯한 느낌이 들었다. 무시무시하게 아름다운 미인은
대하기가 어렵다. 남자는 모두 몸을 움츠리고 만다.

근시일까 눈동자가 턱없이 맑게 반짝이고, 입술의 움직임은 어
딘가 다른 행성에서 온 미지의 생물처럼 보는 사람의 가슴을 설
레이게 했다.

"그냥 보통 비디오야."

내가 왜 이리 부자연스러워, 하고 내심 고소를 금치 못하면서
또다시 냉담하게 대답하고 말았다.

관광국 사람과 별볼일 없는 이야기를 두 시간이나 나누고, 사무
실 문을 열고 나와보니 그녀가 보이지 않았다. 몹시 낙담하고 있
는 나 자신을 보고 나는 놀랐다.

그러나 정문에서 점심을 먹고 오는 그녀를 만났다.

오늘 여러 가지로 고마웠다고 내가 인사를 하자, 그녀는 멈추어
서더니, 명함을 한 장 줄 수 없느냐고 했다. 입가에 미소를 띠고

눈을 약간 위로 치켜뜨며 나를 보았다. 남자라면 누구나 명함 아 니라 지갑이라도 통째 건네줄 것이다.

"전화해도 될까요?"

"괜찮지만, 왜?"

"아, 미안해요. 처음 만난 사람에게 실례의 말을 했군요."

"아, 그런 건 아냐."

"일자리를 찾고 있어요. 내년에, 졸업이거든요."

"대학은 어디?"

그녀는 도심지에 위치한 전형적인 여자대학 이름을 말했다.

"난 프리랜서야."

"알고 있어요. 그렇지만, 여러 업계를 잘 알고 계시잖아요."

"그런가, 재미있는 분야라고 생각되면 이렇게 사람들에게 부탁 도 하고 그러는 모양이군."

"아녜요."

"아니라고?"

"신용할 만한 사람은 별로 없어요."

"나는 믿어도 될 만한 사람이라고 생각하나?"

"네."

"초능력을 가진 모양이군."

"상냥한 사람은 신용이 안 가요. 남자는 모두 상냥해요. 친절하 기만 한 그런 사람은 존경할 수 없어요."

"그렇다면, 나는? 상냥하지 않았다는 말인가?"

"네, 귀찮다는 듯한 반응을 보였잖아요. 왜 가만있는 사람에게 괜히 말을 걸고 그래, 하는 태도였잖아요."

나는 웃었다. 그냥 너무 미인이라 몸을 움츠렸을 뿐인데, 오해가 행운을 불러오기도 하는 모양이다.

두 달 후에 전화가 왔다.

호텔 바에서 만나 미나미아오야마에 있는 프랑스 레스토랑으로 갔다. 보이와 소믈리에(sommelier : 고급 레스토랑에서 음식에 맞게 와인을 선별해주는 와인 전문가 — 옮긴이)를 대할 때도 그녀는 전혀 주눅들지 않았다. 그렇지만 정중한 대접을 받아 당연하다는 자세는 아니다. 지극히 자연스럽게 무시해버린다. 그런 태도는 어릴 적부터 보이 같은 부류의 사람에게 정중한 대접을 받아보지 않고서는 몸에 배지 않는 것이다.

두 달 가까이 전화를 하지 않은 것은, 유럽 여행을 했기 때문이에요, 라고 그녀는 말했다.

"프랑스와 이탈리아를 보고, 벨기에와 스페인에도 들렀어요."

"친구와?"

아니오 약혼자하고요, 그녀가 그렇게 말했을 때, 갑자기 수프 맛이 없어졌다.

"그 친구 처지가 정말 부럽군."

그녀가 근시라서 다행이라고 생각했다. 표정이 일그러지는 것을 스스로 느낄 수 있었기 때문이다.

"그렇지만, 헤어졌어요."

그녀는 바다거북 수프를 깨끗이 비운 다음, 그렇게 말했다.

"헤어졌어?"

"네, 헤어졌어요."

"돌아오고 나서?"

"네."

"이유를 물어도 될까?"

"괜찮아요. 이젠 나 개운해요."

"설마, 너무 상냥해서 차버렸다고 하지는 않겠지."

"아뇨, 바로 그것 때문이에요. 어떻게 아셨죠?"

냅킨으로 입가를 닦으면서 밝게 웃었다.

"그렇지만, 상냥하게 대해주면 보통은 좋아하잖아."

"난 싫어요."

"좋아하는 사람이니까 상냥하게 대해주면 기분 좋을 텐데."

"그건 그래요. 아마도 그 사람을 좋아하지 않은 모양이에요."

"그런데 어떻게 약혼까지 했지?"

"결혼식 날짜까지 받아놓았어요."

"좀 심하군."

"선을 봤었어요."

"아무리 선이라도 그렇지, 같이 여행까지 가고."

"여행을 하면 그 사람을 잘 알 수 있다고 하잖아요?"

그리고 그녀는 자신에 대해 이야기하기 시작했다. 호쿠리쿠 지방의, 유명한 변호사의 막내딸이라는 것, 남자 형제가 없다는 것, 아버지는 사무실을 맡아서 계속 해나갈 유능한 변호사를 양자로 맞아들이고 싶어한다는 것, 둘째딸은 은행원과 결혼했다는 것, 맏딸은 대를 잇기 위해 집에 그대로 머물고 있지만 아직 상대를 못 찾고 있다는 것……

"그러면, 아가씨 상대는?"

"도쿄대학 법학과를 졸업하고, 이십오 세의 나이로 사법시험 합격."

"대단한 젊은이군. 아버지가 무척 기뻐하셨을 텐데."

"네, 그래서 결혼 전인데도 여행을 보내주셨지만."

"그 엘리트, 좋아하지 않았나?"

"그 쪽에서 말인가요?"

"서로."

"아마 그랬을 거예요."

"이봐, 정신 좀 차려, 아가씨는 대단한 미인인 데다, 부잣집 딸이고, 응석받이로 자라지 않았어? 그건 나쁜 게 아냐, 아가씨에게는 그만한 힘이 있어."

"고마워요."

"그렇지만, 모르겠군."

"뭐가요?"

"아가씨 같은 사람은 보통 제멋대로라서 감당을 할 수 없는 법인데 말이야."

"지금은 다른 것 같지 않은가요?"

그렇게 말하고 그녀는 눈을 아래로 깔았다.

"아버지 탓인 것 같아요. 아빠는, 키가 크고, 뭐라고 할까요, 나의 모든 것이라고나 할까요. 옛날, 수영 선수였고, 술도 세고, 꾸밈이라곤 없고, 큰 회사에서 많은 연봉을 받고, 원자력발전소 건설 반대파를 지지하고 있고.

나, 아직도 잊지 않고 있어요. 어렸을 때 아빠 손을 잡고 자주 산책을 나섰어요. 아빠는 그레이트 데인(Great Dane)을 기르고 있었는데, 우리집 곁에 바다가 보이는 공원이 있었어요. 그레이트 데인을 데리고 산책하는 아빠가 너무 멋있었어요. 나는 아빠 앞에만 서면 얌전해져요. 아빠는 하고 싶은 대로 하면 된다고 하셨어요. 별볼일 없는 남자는 그냥 무시해버리면 된다고요."

그리고 그녀는 나를 보았다.

"선생님은, 아빠와 닮았어요."

와인 때문에 뺨은 핑크빛으로 물들고, 멍한 눈길로 나를 바라보았다. 나는 당황하면서, 화제를 바꾸었다.

"유럽에서, 뭐 맛있는 거라도 먹었어?"

"네, 역시 파리가 최고였어요."

"파리에서 어디를 갔었는데?"

"무슨 카르통이라는 식당이었는데, 그 식당의 오리 푸아를 캐비지에 싸서 먹었는데, 정말 맛있었어요."

그날 밤, 나는 그녀로부터 우아하고 집요하게 유혹을 받았지만, 정중하게 거절했다. 몇 번 전화가 있었지만 두 번 다시 만나지 않았다.

그러다 전화도 오지 않게 되었다.

파리에서 류카 카르통에 가서, 캐비지로 만 오리 푸아를 먹었을 때, 그녀 생각이 났다. 푸아와 캐비지는 혀 위에서 스르르 녹아 목구멍을 통과하면서 강렬한 이미지를 환기시켰다. 요리의 극치라는 유명한 그 맛은 입과 목구멍에 제각기 다른 생각을 결부시켜 주었다.

그 정도 미인의 유혹을 거절한 것은 돌이킬 수 없는 실수였다는 생각과, 무서운 힘을 가진 아름다움에서 도망친 것은 잘한 일이라는 생각이, 입에 푸아를 넣을 때마다 번갈아 떠올랐다

그리고, 푸아와 캐비지 잎이 사라지고 표면에 엷은 지방이 발린 리모주(Limoges : 프랑스 중서부의 도시. 독특한 기법의 리모주 도자기로 유명하다 — 옮긴이) 접시만 남았을 때, 내가 그녀를 두려워했다는 사실을 깨달았다.

그러나, 푸아를 맞이한 나의 내장은, 괜찮아, 잘했어, 하고 나를 위로해주었다.

뭐 어때 잘했어, 그 정도 미인을 만난 것만도 어딘데…….

아름다운 요리는, 언제나 상냥하다.

가출한 그 소녀는 정말 포르노에 출연했을까?

| 싱코 | 생선초밥의 하나로 전어라는 생선으로 만든 것.

렌털 비디오의 즐거움 중의 하나는 일본 미공개의 역작을 500엔 동전 하나로 볼 수 있다는 것이다.

나 자신 비디오 제작을 하고 있지만, 그 일과는 상관없이 매일 밤 렌털 비디오 숍에 간다. 이것도 버릇이 되어버리는 모양으로, 일에 쫓겨 비디오를 볼 시간이 없을 때도 습관적으로 테이프 두세 개를 빌리고 마는 것이다.

내가 가는 렌털 숍은 상당히 규모가 크다. 방화, 신작, 호러, 흘러간 명작, 교양, 음악, 아동을 위한 애니메이션, 포르노 등이 잘 정리되어 있고, 모든 것을 컴퓨터로 처리하며, 새벽 4시까지 영업을 하고, 다섯 명의 점원이 상주하고 있다.

선반에 가득 꽂힌 비디오 테이프를 그냥 쳐다보기만 해도 즐거운 것은, 가슴을 저미게 하는 분위기 때문일 것이다. 옛날로 말하면, 대본소 분위기이다.

내가 그곳에 가는 것은 대체로 심야시간인데, 꽤 재미있는 광경을 보게 된다. 예를 들면 야쿠자처럼 보이는 남자가 불법 테이프를 들고 담당자와 협상을 벌이기도 하고, 포르노나 SM 테이프를 고르고 있던 남자가 우연히 아는 여자를 만나 얼굴을 붉히기도 하고, 서너 명의 젊은이들이 제각기 다른 공포영화를 빌리겠다고 싸우기도 하는 그런 광경이다.

최근에 거기서, 묘한 여자를 만났다.

나는 골프 레슨 비디오와, 일본 미공개의 음악영화, 그리고 옛날 친구가 이름을 바꾸어 촬영한 포르노를 빌렸다. 포르노 비디오 선반 앞에, 한눈에 물장사라는 것을 알 수 있는 여자 둘이 있었다. 두 사람 모두 30대 후반이라 볼일도 끝난 듯한데, 커버에 젊은 여자가 노골적인 포즈를 취하고 있는 테이프를 가득 뽑아 들고 뭐라고 서로 말을 주고받는 모습이 나의 호기심을 자극했다.

포르노를 빌리는 여자는 별로 없다. 딱 한 번 중학생으로 보이는 여자애가 손을 바르르 떨면서 오나니를 위주로 한 포르노 테이프를 빌리는 것을 본 적이 있다.

당연히 여자도 성적 호기심을 가지고 있지만, 포르노란 본래 남자의 성적 흥분을 유도하기 위해 만들어놓은 것이라 여자가 보면 별로 재미가 없다. 게다가 매일 지겨울 정도로 남자를 상대해온 중년 호스티스가 젊은 여자의 벌거벗은 몸을 보고 싶어할 리도 없는 것이다.

두 명의 호스티스 중 한 사람은 열심히 테이프를 뽑아 들고, 다른 한 사람은 그 곁에서 불안한 표정으로 가만히 서 있다. 적극적인 사람은 선반 한쪽에서부터 테이프를 마구 빼내어 그때마다 다른 한 사람에게 보여주며 뭐라고 말을 한다. 다른 한 사람이 고개를 저으면 테이프는 선반으로 되돌아간다. 그런 작업을 반복하고 있었다.

분명 무슨 사연이 있는 모양이라고 가만 지켜보다가 그만 눈이 마주치고 말았다.

"뭘 봐요, 기분 나쁘게."

적극적인 쪽이 새된 목소리로 그렇게 말했다. 다른 한 사람이, 이제 그만해, 하고 목소리를 높이는 여자의 손을 잡았다. 그리고 내게, 미안해요, 하고 머리를 숙였다.

"바보같이, 왜 사과하고 그래, 너를 위해 이렇게 열심히 찾고 있잖아, 가만있으란 말이야, 남이야 뭐라든 무슨 상관이야."

분실을 방지하기 위해 가게 안을 밝게 해두었기 때문에, 아무리 화장을 짙게 해도 얼굴 주름만은 감출 수 없었다. 새된 목소리의 여자는 루이 뷔통, 다른 한 사람은 레노마 백을 들고 있지만 옷

220

취향은 그리 고상해 보이지 않는다. 두 사람 다, 조금 취한 것 같았다.

"제가 찾아드릴까요?"

하고 나는 말을 걸었다.

아니오, 괜찮아요, 하고 레노마 백을 든 여자는 몇 번이나 고개를 숙였고, 루이 뷔통을 든 여자는, 참견 말아요, 가만 내버려둬요, 하고 망가진 라디오처럼 새된 소리로 나를 나무랐다.

"이 사람 어떻게 좀 해봐. 왜 치근대고 이래, 귀찮게시리."

새된 목소리의 여자는 점원을 향하여 그렇게 외치더니, 젠장, 없잖아, 하고 혼잣말로 중얼거리며 담배 한 개비를 빼 물었다. 죄송하지만, 금연입니다, 하고 점원이 주의를 주었다. 포르노 테이프를 찾고 있는 짙은 화장의 말 많은 중년여자는 아마도 모든 사람에게 인기가 없을 것이다.

담배에 대한 주의를 받고, 두 사람은 기가 팍 죽어버렸다. 새된 목소리의 여자는 눈을 치켜떴고, 레노마 백을 든 여자는 금방이라도 울어버릴 것 같은 표정을 지었다.

"저, 실례지만, 저는 실제로 비디오 테이프를 제작하는 사람입니다. 무슨 사정이 있는 것 같은데, 제가 찾아드리지요."

레노마 백을 든 여자는 몇 번이나 고개를 숙이며 부탁한다는 뜻을 나타냈고, 새된 목소리의 여자는 수상쩍은 눈길로 내 머리카락 끝에서 구두까지 몇 번이나 훑어보았다.

차로 5,6분 떨어진 패밀리 레스토랑에서, 나는 두 사람의 이야기를 들었다. 두 사람은 자매로, 새된 목소리쪽이 동생이었다. 비디오 숍을 나와 내 스웨덴제 차를 보자 동생의 태도가 바뀌었다.

의논해보도록 해, 이 사람은 신사 같애…….

두 사람은 스낵을 경영하고 있었는데 나는 처음 들어보는 가게였다. 언니쪽의, 열일곱 살 난 딸이 가출을 했는데, 가게에 온 손님 중 한 사람이, 포르노 비디오에서 닮은 여자를 보았다고 한 모양이었다.

"……전화 한 통화, 편지 한 장 없어요."

동생은 열심히 말을 했지만, 언니는 눈을 아래로 내리깔고 가만히 있었다.

"테이프에서 보았다는 손님도, 술에 취해서, 남몰래 혼자 봤는지, 타이틀도 기억하지 못해요. 그래서, 저, 이런 일이 흔한가요?"

"가출한 여자애가 포르노에 나오는 것 말입니까? 흔한 일이지요."

"그렇지만, 이제 겨우 열일곱 살이에요. 선생님은, 실례지만, 어떤 비디오 테이프를 만드시죠?"

"포르노는 하지 않지만, 이 업계에 친구가 많습니다. 열일곱 살 난 여자애라도 절대로 실제 나이를 밝히지 않으니까요."

"경찰에 신고를 했지만, 몇백 몇천 명이나 되어서 도저히 찾을 수 없다고 해요. 우리 자매의 공동 딸이나 다름없어요, 역시 아버

222

지가 없으니까……."

동생은 그렇게 말하고 울음을 터뜨렸다. 나는 주위의 눈치를 살피면서 거품 빠진 맥주를 한 모금 마셨다.

"남자가 있었던 것 같아요."

처음으로 언니가 입을 열었다.

"그런 테이프를 제작하는가요? 그 남자는."

그렇게 묻자, 몰라요, 하고 고개를 가로 저었다.

"혹시, 생선초밥 좋아하세요?"

언니가 그렇게 묻고, 동생은 손수건으로 코를 풀었다.

"생선초밥?"

"예, 초밥."

"가끔 먹어요."

"싱코라고 아세요?"

"싱코? 오싱코(소금에 절인 채소 — 옮긴이)가 아니고? 아, 그거 말이군요. 전어, 아주 작은 전어."

"맛있어요?"

"좋아하죠. 등 푸른 생선을 즐기는 사람이라면 다들 좋아해요."

"딸애가 딱 한 번 그 남자에 대해 이야기한 적이 있어요. 그 남자는, 남쪽 섬에서, 일본을 떠나, 죽기 전에 생선초밥 세 개를 먹으라고 한다면, 그 싱코와, 주토로(참치 뱃살 — 옮긴이)와 장어를 먹겠다고 했대요. 선생님이라면 뭘 드시겠어요? 나는 다이토로(참치 뱃살, 주토로와 다른 부위 — 옮긴이)와 새우와 연어알을 먹겠어요. 동생은 달걀과 다이토로와 성게알을 먹겠대요. 싱코와 주토로와 장어를 먹겠다는 남자가 어떤 종류의 사람인지 아시겠어요?"

"글쎄요, 나라면 역시 주토로와 장어와, 흠, 싱코라니 의외로 예민한 사람일지 모르겠군요. 그 남자 말입니다만, 젊은이가 아닐 겁니다. 싱코가 나오는 가게는 의외로 비싸요. 질 좋은 주토로도 고급이죠. 생선초밥을 자주 먹는 남자일 겁니다. 나이가 들었고, 부자일 겁니다. 식도락도 상당한 수준이니까요."

"역시 그랬군요. 본 적도 없는 고급 옷을 입고 있었으니까요. 그 나쁜 놈이 데리고 놀 작정으로……"

딸 이름과, 사진을 받고, 그날 밤은 헤어졌다.

옛친구에게 사진을 보였지만, 찾는 건 무리라고 했다. 여자애가 몇백이나 되고, 본명을 사용하는 여자는 거의 없고, 진짜 매력 있는 애 몇 명 외에는 형편없는 대우를 받기 때문에, 금방 유흥업계 쪽으로 흘러들어간다고 했다.

미안하지만, 하고 친구는 말했다.

"얼굴을 보니 그렇게 흘러가는 애들의 전형이야. 교양이 없으면 떨어질 대로 떨어져버려. 잘 듣게, 남자라도 그렇지만, 타락에서 인간을 구원하는 것은 교양이야. 히틀러나 폴포트를 보면 알잖아."

우리는 잠시 다른 이야기를 했다. 그리고, 내가 문득 예의 생선초밥 이야기를 했을 때, 친구의 안색이 변했다. 똑같은 이야기를 들은 적이 있다는 것이다. 그 남자는 막대한 제작비를 들인 합작 영화를 잘 만드는 유명한 프로듀서로, 벌써 일흔이 넘었다고 했다. 물론 나도 그 남자를 알고 있었다. 그 프로듀서는 항상 간단한 안주로 술을 마시는데, 마지막으로 꼭 주토로와 싱코와 장어를 먹는다는 것이다.

"거의 매일, 긴자의 '규베'에 간다고 해. 그렇지만 자네, 그 사람에게 절대로 여자 이야기를 하면 안 돼. 그랬다가는 일거리도 없어지는 것은 물론이고, 까딱 잘못하면 죽을지도 몰라."

친구는 그렇게 말했지만, 나는 그 남자를 만날 생각이 없었다. 생선초밥이라는 단서만으로 그 남자라고 단정할 수도 없는 노릇이다. 싱코와 장어와 주토로를 좋아하는 남자는 세상에 많을 터이기 때문이다.

그러나 나는 문득 그 남자가 제작한 일불 합작의 유명한 영화의 아름다운 라스트 신을 떠올렸다.

여자가, 벌거벗은 남자의 등에 담뱃불을 짓이겨 끈다. 남자는 소리 하나 내지 않고, 영화는 시커멓게 덴 자국을 클로즈업하면서 갑자기 끝나버린다. 확실히, 무섭고 슬픈 영화였다.

소두증 여자에게서 찾아낸 시원(始原)의 얼굴

| 쿠스쿠스 | 아주 작은 노란 알갱이의 군밤 같은 것으로, 고기나 채소를 처음부터 넣어 삶기도 하고, 소스나 스튜 비슷한 것을 뿌려 먹는 북아프리카 음식으로 우리가 먹는 밥과 별 차이가 없다.

〈프릭스(Freaks)〉라는 유명한 영화가 있다. 1932년에 만들어졌는데, 요즘 같으면 인권문제 때문에, 도저히 찍을 수 없었을 것이다. 무대는 서커스, 이 세상의 모든 프릭스, 즉 기형 인간들이 등장한다.

스토리는 단순하다.

독특한 규칙, 즉 한 사람의 행복은 전원의 행복, 한 사람의 슬픔은 전원의 슬픔이라는 가치관을 가지고 살아가는 프릭스의 세계에, 성격이 비뚤어진 공중그네타기 여자가 들어온다. 사지가 멀쩡하고 아름다운 그 여자는 자신을 사랑하는 한 난쟁이를 농락한다.

그 난쟁이는, 마음 착한 난쟁이 여자와 결혼해 살고 있지만, 그네 타는 여자에게 반하여, 꽃과 샴페인과 장신구를 열심히 갖다 바친다.

이윽고, 난쟁이에게 막대한 유산이 상속된다는 것을 안 그네타기 여자는 정부와 공모하여 난쟁이와 결혼한 후 독을 타서 난쟁이를 죽일 계획까지 세운다.

그 결혼식 장면은 펠리니의 영상에도 뒤떨어지지 않을 정도로 자극적이다. 난쟁이, 샴 쌍둥이 자매, 소두증 여자들, 수염 난 여자, 허리 아래가 잘려나가고 없는 남자, 두 손 두 발이 없는 흑인, 양성을 한몸에 지닌 사람들이 결혼식 축하 파티를 열고, 그네 타는 여자에게 '이제부터 당신도 우리의 동료다.'라고 말하면서, 돌림잔으로 술을 권한다. 그네 타는 여자는 두려움에 젖어, '누가 당신들 같은 괴물하고……'라며 절규한다.

그리고, 실제로 난쟁이에게 독을 먹이지만, 결국은 프릭스의 복수로, 그 자신도 프릭스가 되어, 서커스에서 사람들의 구경거리로 전락하고 마는 것이다.

라스트 신은, 유산을 상속하여 큰 저택에 사는 난쟁이를 전처가 찾아가고, 두 사람의 사랑이 부활하는 것으로 끝난다.

나는 그 테이프를 음악가 친구에게 빌려 보고는 잠을 잘 수 없었다. 조잡한 영화이긴 하지만, 의외로 각본이나 편집이 만만치 않고, 배우들의 연기도 뛰어났다. 친구의 말대로, 보고 나서 강렬한 감동을 맛보았다. 분명 프릭스의 모습은 충격적이었지만, 그것도 처음뿐이고, 낯이 익자 이상하게도 귀엽다는 느낌이 들었다.

잠이 오지 않은 것은 다른 이유에서였다. 영화에 나오는 소두증 여자의 얼굴이 누군가를 닮았던 것이다. 그것은 기묘한 얼굴이었다. 그로테스크하다는 뜻이 아니다. 오히려 그 반대이다. '강렬한 천진무구함'이라고나 할까. 젖을 먹는 모든 아기에게서 발견할 수 있는 그런 것이었다. 지능이 떨어지는 사람들 가운데서도 그런 무구함을 발견할 수 있다. 동물의 매력도 바로 거기에 있지만, 그들의 경우는 너무도 자연스러워서 인상에 남지 않을 정도이다.

그 소두증 여자는 전혀 달랐다. 우주인이나, 전혀 다른 생명체처럼 보였고 표정이 무척 인간적이고 풍부했다.

그리고, 누군가와 닮았다. 누구일까. 나는 아는 사람이나 친구를 비롯하여 유명인, 과거의 위인, 거리에서 스쳤던 사람, 이웃 사람들의 얼굴을 떠올리고 한 사람씩 체크해보았다.

처음에는 깊이 생각도 안 해보고, 내 아내의 친구와 닮았다고 생각했다. 그 다음으로 국내외의 가수나 영화배우로 옮겨갔지만, 누구인지 확실치 않았다. 그래서 왜 처음에는 아내의 친구라고 생각했을까 하고 차근차근 따져보았다. 친하지도 않고, 성격도 취미도 이야기하는 버릇도 모르지만, 자주 얼굴을 대하는 사람, 그런 사람 중에 있을 것이라는 결론에 도달했다. 아는 사람이나 친구의 얼굴을 모두 검증해본 다음, 대상을 좁혀 기억을 되살리려

해보았다.

자주 방문하는 회사의 안내원, 은행 창구의 여자, 매일 걸어가는 길가에 앉아 있는 점쟁이, 텔레비전의 일기예보 담당자, 담배 가게의 여자, 라면집 점원, 유명한 여자 화가, 옛날 여배우, 주간지를 떠들썩하게 한 사건을 일으킨 여자, 백화점 넥타이 판매대 여자, 우표나 화폐에 그려진 여자, 개를 데리고 산책하다 만난 사람, 그런 얼굴을 하나 하나 떠올려보았지만 모두 아니었다. 다음으로 긴자나 롯폰기의 술집 여자를 체크하고, 심지어는 남자일지도 모른다고 모든 친구와 아는 사람, 유명인을 검증하고, 어린아이 얼굴도 떠올려보고, 마지막으로 SF 영화에 나오는 에일리언이나 로봇, 거기에다 동물이나 물고기, 새까지 떠올려보았지만 비슷한 얼굴을 발견할 수 없었다.

일주일 정도, 그 얼굴을 찾느라 멍하니 시간을 보냈지만, 서서히 잊어버렸다.

나는 올해 정월을 북아프리카에서 보냈다. 내가 소속한 영상 프로덕션이 파리 다카르 랠리(Paris Dakar Rally)의 다큐멘터리를 제작하게 되어, 니제르, 말리, 모리타니, 세네갈을 돌아보아야 했기 때문이다.

랠리 그 자체를 추적하는 팀은 따로 있고, 우리는 유목민과 낙타와 여자들을 찍으면 되는 편한 일이었다. 편한 만큼 취재비는 유럽 취재와 같은 수준이었고, 나중에야 그것이 북아프리카를 CF 로케이션 장소로 사용할 가능성을 알아보기 위해 리포트를 만들기 위한 작업이라는 것을 알게 되었다.

CF는 항상 신선해야 한다. 새로운 풍경을 찾아서, 터키, 중동, 아프리카, 남극, 남미, 뉴기니아 등, 모든 장소에 촬영팀을 보내는 것이다. 이런 풍경은 아직 아무도 사용한 적이 없습니다, 하고 기업측에 이야기해야 말이 먹혀들어간다.

북아프리카는 처음이었다.

같은 사막이라도 북아프리카와 오스트레일리아는 역시 규모가 다르다. 사막에는 세 번 들어가보았지만, 오스트레일리아의 에어즈록은 어딘가 부족하다는 것을 알 수 있다. 에어즈록은 시간의 흐름에 따라 그 색깔이 변하는 유명한 바위산인데, 그 정도라면 사하라나 타네즈루프트 사막에는 썩어날 정도로 많다.

카메라맨은, 오스트레일리아에도 같이 갔던 문학을 좋아하는 30대 남자였는데, 아프리카에 푹 빠져서, 맛이 깊어, 하고 감탄사를 연발했다. 그의 말에 따르면, 아프리카는 모든 점에서 깊다.

여행을 시작한 지 2주일째, 말리 공화국의 통북투에 도착한 우리는 피로를 느끼고 있었다. 호텔을 랠리 관계자가 모두 점령해버려, 야영장의 텐트에서 계속 생활을 해야 했기 때문에 당연한 결과였다.

영어가 전혀 통하지 않아서 더욱 힘들었다. 공용어는 프랑스어이지만, 구걸하러 모여든 맨발의 소년들에게서 프랑스어가 나오자 처음에는 기이한 느낌을 받았다.

택시를 잡았다. 창도 닫히지 않는 택시지만 요금 하나만은 비쌌다. 모래에 숫자를 적으면서 값을 깎는다. 피부를 태우는 태양과 현지인의 강렬한 몸 냄새와 가까이 다가와서 집요하게 손을 내미는 아이들 속에서 교섭은 늘 2,30분을 끌었다. 그런 생활의 반복이었다.

카메라맨이 '깊다'라고 표현한 것이 내 안에도 침투되어 하나의 형태를 이루면서 정리되어가고 있었다. 그러나, 구걸과 장사꾼과 몸 냄새와 프랑스어 때문에 그것이 무엇인지 생각할 여유가 없었다.

통북투는 고도(古都)이다. 옛날부터 소금과 황금의 교역이 행해졌고, 서양인들이 낭만을 찾아 수도 없이 탐험대를 보냈던 곳이다. ·

거리는 작고, 유적다운 유적은 모두 무너져버렸지만, 나는 고도만이 가질 수 있는 시간의 물결 같은 것을 느낄 수 있었다.

택시는 붉은 흙벽돌집들 사이를 뚫고, 염소와 어린아이에게 클랙슨 세례를 퍼부으면서, 레스토랑을 찾아 떠났다. 처음에는 호텔의 레스토랑으로 갔지만, 랠리 관계자로 초만원이었다. 자리가 비기를 기다리는 사람들이 길게 줄을 선 것을 보고, 거리에서 레스토랑을 찾기로 한 것이다. 운전사가 데리고 간 곳은, 구불구불한 좁은 골목길의 끝에 위치한 옅은 갈색의 흙집이었다. 레스토랑? 하고 묻자, 그렇다며 운전사는 고개를 끄덕였다. 물론 간판도 없었다.

안으로 들어서자, 휑뎅그렁한 공간에, 금방이라도 쓰러질 듯한 테이블과 새빨갛게 녹이 슨 철제 의자가 보였다. 채소 썩는 냄새가 나고, 구석에는 눈이 짓무른 개가 드러누워 있었다.

운전사가 부르자, 뚱뚱한 여자가 나오더니 개를 걷어차면서 쿠스쿠스밖에 없다고 말했다. 뭐든 괜찮소, 하고 내가 말하자, 카메라맨도 쓴웃음을 지으면서 고개를 끄덕였다. 뚱뚱한 여자는 무덤덤한 표정으로 유리 접시를 테이블 위에 올려놓았다. 쿠스쿠스는 군밤 같은 것이었다. 노란 알갱이는 포크 사이에 끼지도 않을 정도로 작고, 처음부터 고기나 채소를 함께 넣어 삶기도 하고, 소스나 스튜 비슷한 것을 뿌려 먹기도 한다. 요컨대 우리들이 먹는 밥과 별 차이가 없어서, 위에 부담이 없다.

뚱뚱한 여자가 들고 온 것은 여태 한 번도 보지 못한 종류의 음식이었다. 커다란 접시에 쿠스쿠스를 담았는데, 그 위에 정체불명의 고기가 올려져 있다. 강렬한 냄새가 나고, 고기를 집자 미끈하더니 그냥 부서져버렸다. 자세히 보니 그것은 고기가 아니라, 아마도 염소에서 추출했을 터인 기름덩어리였다. 마치 파이 껍질에 감싸인 파테처럼, 지방의 겉을 닭껍질과 비슷한 얇고 딱딱한 고기가 막을 이루고 있었다. 유리 접시에 덜어놓고, 입에 떠넣는 순간, 지방이 착 달라붙은 목이 바르르 떨렸고, 나는 문득 반 년 전에 보았던 영화 속의 소두증 여자 얼굴을 떠올리고 말았다. 누구와 닮았더라 하고 필사적으로 생각했던 그 여자의 얼굴이었다. 쿠스쿠스의 맛 때문이 아니었다. 쿠스쿠스에도 염소의 기름에도 맛이라고는 거의 없었다. 우리는 암염(巖鹽)을 바수어 넣고 그것을 먹었다. 맛이 이미지를 환기시킨 것은 아니다. 쿠스쿠스가 혀에 닿는 감촉, 거기에다 기름 냄새와 미끈미끈한 느낌이 내 속의 어떤 부분을 자극한 것이다. 그 어떤 부분은 저 소두증 여자가 자극한 것과 같은 곳이었다.

그것을 언어로 바꾸면, 시원적이라고 해야 할 것이다. 그 여자는 누군가를 닮은 것이 아니었다.

우리 모두의 얼굴이, 시작됐던 시원의 모델이었던 것이다.

생명의 냄새

| 순록의 간 | 순록은 북극지방에 분포해 있는 포유류 사슴과의 한 종이다. 죽은 순록
의 간은 그 자리에서 날것으로 먹기도 하는데, 영하 20도의 추위에도 간에서 김이 무럭무럭 난다.

로마에서 친구를 만났다. 그는 G라는 이름으로 업계에서는 유명한 CF 디렉터이고 유명한 만큼 수입도 나의 천 배는 될 것이다.

어느 별볼일 없는 파티에서 알게 되어, 일 년에 두세 번 만나고 있다.

요코하마 교외에 있는 호화 저택에 초대받은 적도 있고, 아직 이혼 전이었던 G와 그 부인이 내가 사는 아파트로 놀러온 적도 있다.

그는 나에게 다크스훈트(Dachshund) 강아지 한 마리를 선물했고, 나는 그에게 인도의 장식 쟁반을 선물했다. 다크스훈트는 4년 후에 필라리아 때문에 죽었고, 인도 쟁반은 헤어진 그의 아내가 가지고 갔다.

그러나 그것과는 관계없이 우리는 자주 만난다. 직종이야 같지만, 수입과 성격과 가치관이 전혀 다른데 어떻게 친구가 될 수 있느냐고 주위 사람들은 신기해한다.

이번에도, 출발 전에 같은 시기에 로마에 묵는다는 것을 알고는 있었는데, 그렇게 바쁜 그가 일부러 시간과 장소를 정해서 연락을 해왔다.

만난 곳은 그가 투숙하고 있는 호텔이었다. 테르미니 역 바로 곁에 있는 별 네 개짜리 호텔로, 천장이 높고, 인테리어도 가구도 벨 보이의 태도도 손님들의 패션도 초일류였다.

나는 5분 정도 늦게 도착했고, G는 19세기 베네치아풍의 꽃 장식이 달린 긴 의자에 앉아 헤럴드 트리뷴을 읽고 있었다 그 곁에는 아니나다를까 키가 크고 머리를 길게 늘어뜨린 여자가 앉아 있었다.

G는 겸연쩍게 웃으며, 그 여자를 내게 소개해주었다. 젊고 아름다운 여자라면 이 업계에는 쓰레기통에 쓸어담을 정도로 넘쳐난다. 그러나 늘 G가 데리고 다니는 여자처럼 나이는 20대 후반에서 30대 초반이고, 머리가 좋고, 우아하고, 어리광을 부리지 않고 말도 많지 않은 여자는 그리 흔하지 않다.

G의 곁에 앉은 여자는 아르마니 블라우스와 스커트에 폴리니의 굽이 낮은 힐을 신고, 가볍게 인사를 한 후, 쇼핑을 가겠다고 하면서 우리 둘을 남기고 호텔을 나가버렸다.

"괜찮아?"

호텔 레스토랑의 테이블에 앉은 다음, 나는 G에게 물었다.

"뭐가?"

"저 여자."

G는 메뉴를 보면서, 평소처럼 흐흥, 하고 코웃음을 쳤다. 코웃음은 G의 버릇이지만, 그것은 비웃음이 아니라 친밀함을 나타내는 표시였다.

"걔가 어쨌는데?"

"식사, 같이 하지 않아도 돼?"

"난 자네를 만나고 싶은 거야."

"같이 있어도 난 상관없는데."

"내가 싫어서 그래."

"너 참 이상한 놈이야."

"응, 나라는 인간은 제멋대로이면서도, 다른 사람에게 신경을 많이 써. 알고 있잖아? 그것도 좋아하는 사람이나 친한 사람에게는 더욱 그렇다는 것, 자네도 알잖아?"

"알지만, 자네 입으로 듣기는 처음이야."

나와 G는 우선 식전 술로 네그로니, 전채로는 햄을 시켰다. 네

그로니는 다른 어떤 곳에서 마신 것보다 맛이 깊고, 파르마의 생햄은 품위 있는 열대수의 잎처럼 은식기에 펼쳐져 있었다.

"나는, 이제 30대 후반이야. 자네와 같은 나이인데, 어때, 자네는 변하지 않았겠지?"

"뭐가."

"태도 말이야, 자기 자신에 대한 태도."

"자신에 대한 평가?"

"아냐, 태도라니까. 나는 이삼 년 사이에 많이 변했어. 다시 말해 자신을 알게 되었다는 것인데, 도저히 어찌해볼 수 없는 나 자신의 성격을 알게 된 거지."

"건망증이 심하다든지 금방 지겨워하는 그런 성격 말이야?"

"그것도 포함해서, 예를 들면 나는 외국이나 국내의 여러 장소에서 온갖 사람을 다 만나. 공식적인 일, 개인적인 용건, 여러 가지 때문에. 그것은 나에게 있어 일회성이야. 그 장소와 그 순간이 중요해. 그럴 때는 사이가 무척 좋아져. 그렇지만 다른 장소, 다른 시간에 같은 관계가 유지되리라는 보장은 없어."

"그건 누구라도 마찬가지잖아."

생햄은 부드럽게 입 안에서 녹았다. 이런 고급 햄을 먹을 때마다 나는 묘한 죄책감을 느낀다.

"정도의 문제야. 내 경우는 좀 도가 지나쳐. 그래서 나는 최근에 그것을 자각하고, 미리 타인에게 이야기를 하지. 일회성의 만남이라고. 그리고, 또 하나, 옛날에 내가 다큐멘터리를 찍을 때인데, 비교적 친한 친구에게 주의를 받은 적이 있어. 예를 들어 말이야, 자네와 이렇게 만나 이야기를 나누고 있잖아? 여기에 또 한 사람이 끼어들면, 자네에 대한 나의 태도가 묘하게 변하게 돼. 그 다큐멘터리 자체가 딱딱한 작품이었기 때문에 나도 딱딱해져버렸던 것 같애. 그 친구는 '자네처럼 상대에 따라 이렇게 저렇게 말을 바꾸는 인간은 신용할 수 없어.'라고 말했지. 그때는 충격적이었지만, 지금은 그냥 있는 그대로 받아들이기로 했어."

"그렇지만, 그것도 정도의 문제일 거야."

"그렇지, 그리고 나는 거기에 관해서도 도를 넘어섰다는 거고."

생햄을 먹은 다음에, 나는 스파게티를, G는 리가토니를 먹었다.

"여자들은, 자네의 그런 성격을 알고, 자연스럽게 자리를 비켜주는 모양이군?"

"맞아, 나는 결혼에 실패했기 때문에, 여자를 만나면 우선 그것부터 가르쳐. 다들 잘 이해해주더군."

"아마도, 자네가 더 자연스러운 건지 몰라."

"아, 뉴기니아의 원주민도 상대가 한 사람 늘어나면 말투를 바꾸기도 하고, 묘하게 경계하기도 한다고 해."

나는 G의 와인 즐기는 방법을 좋아한다. 와인에는 와인 특유의 마시는 방법이 있다. 잔을 기울이는 법, 잡는 법, 한 번에 마시는 양, 잔을 내려놓는 법, 소믈리에가 따라주는 술을 받을 때의 태도,

G는 모든 면에서 완벽하다. G는 피렌체풍의 비프스테이크를, 나는 트뤼프향을 곁들인 치킨을 주문했다.

"그런데, 저런 멋진 여자를 어디서 만났어?"

"일반적으로 말하자면, 그녀 같은 타입은 점점 늘어나는 추세야. 성격이 좋고, 머리도 좋고, 예쁘고, 열등감도 없는 여자는, 본능적으로 좋은 남자를 찾으려고 하지. 그러나, 부권이 무너지고 온갖 정보가 난무하는 요즘에는 매력적인 수컷이 적다는 것을 금방 알아버려. 게다가 그 여자들은 비타협적이고, 경제적으로도 자립해 있어. 결혼 따위는 어리석은 일이라고 생각하는 거야. 요컨대, 알고 있다는 거지. 행복이란 제도적인 안정이 가져다주는 것이 아니라는 사실을. 자극적이고, 관능적인 어떤 일들을 통해서, 다시 말해 시간을 멋있게 보내는 것만이 행복이라는 사실을 알아버린 거지. 그런 여자는 아주 많아. 찾아다닐 필요도 없어. 그냥 만나면 되는 거야."

"어쩐지 거짓말 같은데."

"사실은 거짓말이야."

그 말과 함께, 우리는 웃었다. 스테이크도 치킨도 말이 필요 없을 정도로 맛있었고, 우리는 교토의 자라 요리, 브레스의 닭, 오마르, 오리, 양을 예로 들어, 이 세상에서 가장 맛있는 고기는 무엇일까 하고 이야기를 나누기 시작했다.

순록 고기를 먹어본 적이 있어? 라는 G의 물음에, 나는 고개를 가로 저었다.

"벌써 오륙 년 전의 일이지만, 라플란드를 취재하러 간 적이 있었어. 지금은 체르노빌 때문에 엉망진창이 되어버렸지만, 그 당시만 해도 라프족들도 순록도 모두 건강했지. 내가 간 것은 한겨울이었는데, 몇 번이나 오로라를 보았어. 관광이었다면 해가 지지 않는 여름이 가장 좋겠지만, 나는 순록의 선별, 도축작업을 취재해야 했으니까. 겨울엔 영하 이십 도 아래로 떨어져서, 고기가 절대로 썩지 않아. 금방 냉동되어버리니까 처리하기에도 좋아. 순록 한 마리 한 마리에는 모두 표시가 새겨져 있는데, 젊은 수컷, 새끼, 암컷은 다음 겨울까지 살 수 있어. 죽임을 당하는 것은 대체로 수컷이야. 나는 정수리에 해머를 맞고 죽은 순록의 간을 날것으로 먹어보았어. 영하 이십 도인데 김이 무럭무럭 나더라. 눈에 슬쩍 닦아서 그냥 먹었어."

"맛있었어?"

"표현하기가 힘들어. 냄새가 나더군. 코앞에 갖다대도 별로 느끼지 못하지만, 일단 입에 넣고 씹어서 목으로 넘기면, 그 냄새가 몸 전체로 퍼져나가는 듯한 느낌이야. 그게 무슨 냄새인지 처음에는 몰랐지. 그게 바로 고기 그 자체의 냄새였어, 즉 생명의 냄새였지. 그리고 어떤 여자는, 어떤 상태에서 그런 냄새를 겨드랑이에서 풍겨."

"암내를 말하는 거야?"

240

"늘 맡을 수 있는 그런 냄새가 아냐. 섹스를 할 때 아련히 풍기는 냄새를 말하는 거야. 그런 여자는 최고지. 그런 여자는 틀림없이 미인이고, 머리도 좋고, 성격도 좋아. 왜냐하면, 동물로서 자신감이 가득하고, 게다가, 교양이 없으면 그런 냄새를 가질 수 없으니까."

"어쩐지 거짓말 냄새가 나는데."

"내게는 어김없는 진실이야."

레스토랑을 나와서 라운지에서 에스프레소를 마시고 있는데, G의 여자가 커다란 쇼핑백을 포터에게 들려 보내고, 우리 테이블에 앉았다.

마음에 드는 게 있었어? 하고 G가 묻자, 비싼 게 역시 좋긴 좋아요, 하고 그녀는 가볍게 나를 향해 고개를 까닥하고는, 내 앞을 지나, 방으로 먼저 돌아갔다.

나는 일어서서 그녀를 전송하고, 완전히 시야에서 사라진 다음, 냄새가 나지 않았어, 하고 G에게 말했다. G는, 그러니까 평소에는 안 난다니까, 하고 웃었다.

그 웃음 띤 얼굴에 나는 질투를 느꼈지만, 결코 그것은 나쁜 기분이 아니었다.

세상의 모든 수상쩍은 장소

| 페이조아다 | 돼지 내장과 콩을 함께 삶은 브라질 요리로, 마늘과 소금을 듬뿍 넣어 강렬한 맛을 내며, 정력에도 좋다. 바슬바슬한 쌀, 만조카라는 곡물 가루, 무 잎처럼 약간 쓴맛이 나는 푸른 채소를 곁들여 먹는다.

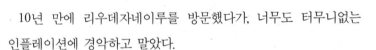

10년 만에 리우데자네이루를 방문했다가, 너무도 터무니없는 인플레이션에 경악하고 말았다.

10년 전, 100달러가 500크루제이로 정도였는데, 현재, 100달러는 1만 3,000크루자도스이다. 2년 전에 화폐개혁이 있었고, 1,000크루제이로가 1크루자도가 되었으니까, 지금의 100달러는 무려 1,300만 크루제이로가 되는 셈이다.

2만 6,000배의 인플레이션이 일어난 셈인데, 더욱 놀라운 것은 그런 상황에서도 사람들은 충분히 즐겁게 살아가고 있다는 것이다. 몸에 배어버린 것일까?

아무리 국가경제가 파산지경이라도, 그런 것과는 관계없이 살아갈 수 있는 것일까?

그러한 상황 때문에, 실업자도 무서울 정도로 증가하고, 원래 좋지 않던 치안도 더욱 나빠지고 있다고 한다. 기관총으로 무장한 갱들이 고급 레스토랑을 습격하여, 손님의 실크 모자를 벗겨 거기에 귀금속과 현금을 모두 담게 해서 탈취했다. 강도도 자기네끼리 '밤에 혼자 다니는 것은 금지하자.' 라는 약속을 해야 했다. 달리고 있는 흑인은 백 퍼센트 도둑이다. 너무 치안이 나빠서 시민들이 경비대를 만들어 범죄자를 처벌하는 예가 늘어나고 있다. 그런 이야기가 끝도 없이 나돌았다.

"혼자 가셨어요?"

동행한 젊은 카메라맨이 공항에서 호텔로 가는 택시 안에서 물었다.

"응, 혼자였지. 이번처럼 촬영이 아니라, 로케이션 장소를 찾는 가벼운 일이었으니까."

10년 전, 나는 아직 25세였고, 작은 광고대행사에서 일하고 있었다. 정말 작은 회사였기 때문에, 아르바이트를 할 여유가 있었다. 리우데자네이루의 카니발을 일본에 초청한다는 말도 안 되는 기획을 칸사이의 부동산업자에게 제시하였더니, 바로 가서 조사해 오라고 해서, 25세의 청년에게는 과분할 정도의 달러를 받고, 돌아보러 간 것이었다.

"무섭지 않았습니까?"

"치안이 좋지 않아서?"

"예."

"여기는 뉴욕처럼 오 달러 때문에 사람을 죽이는, 그런 일은 없어. 순수해. 나이프나 권총을 들이대도 십 달러만 주면, '정말 고맙습니다.' 하고 악수를 청하지."

"정말입니까?"

"인간성이 좋아. 바다도 있고, 날씨도 따뜻하니까. 일본과는 반대로 칠팔구월이 겨울이라고는 하지만, 맑은 날이면 수영을 할 수 있을 정도로 따스해. 실업자가 되어도, 돈이 없어도, 해변가에 있으면 그냥 기분이 좋은 거야. 그냥 벌거벗고 있어도 되고 말이야."

"그렇군요. 실직하고 돈도 없이 싸늘한 빌딩 사이를 걸어가는 것보다 훨씬 낫겠군요. 그런데 십 년 전에는 얼마나 머물렀나요?"

"한 달."

"그렇게 오래?"

"응, 카니발이 시작되기 사 주 전에 와서 끝날 때까지니까, 한 달이지."

"뭘 했어요?"

"잘 기억이 안 나."

"숨기지 말고 이야기 좀 해주세요. 리우에는 예쁜 아가씨들이 많다고 하던데."

정말 기억이 잘 나지 않았다.

호텔에 도착해서, 나도 카메라맨도 피로했지만 풀에서 간단히 수영을 하기로 했다. 20여 시간을 비행기에서 보낸 피로를 풀고, 시차에 적응하기 위해서라도 바로 침대에 드는 것보다 땀을 흘리는 것이 현명하다.

수영을 하고, 풀 사이드에서 맥주를 마시고, 맛있는 치킨을 먹으면서, 나는 10년 전 일을 떠올리고 있었다. 내가 아는 한, 리우데자네이루의 창녀들은 질로 보나 양으로 보나 세계 최고라 할 수 있다. 베트남과 프랑스의 혼혈, 또는 영국과 인도의 혼혈 창녀가 세계 최고라고는 하지만, 그런 차원에서 하는 말이 아니다. 물론 혼혈과 빈곤 때문에 리우데자네이루에는 창녀들이 많지만, 중요한 것은 그 여자들이 성적 욕구를 전면적으로 긍정한다는 것이다. 전혀 비참한 느낌을 주지 않는다.

그런 세상에 25세의 혈기왕성한 사나이가 끼어들었으니, 어떻게 될지는 생각해볼 필요도 없는 일이다. 도착한 그날 밤부터 약 열흘간, 나는 길거리에서 고급 펜트하우스에 이르기까지 세상의 모든 수상쩍은 장소에서, 세상의 모든 피부색을 자랑하는 여자들과 놀았다. 낮, 밤, 새벽, 세 번 여자를 바꾼 적도 있고, 같은 침대에 세 명의 여자를 부른 적도 있었다. 당연히 술과 마약과 삼바의 힘을 빌렸지만, 그런 방탕한 생활도 열흘째에 파탄을 맞고 말았다.

제멋대로 여자를 고르고, 매일 밤 여자를 바꾸고, 사정을 한 다음에는 가차없이 침대에서 쫓아내버리고, 쓸데없는 대화는 일절 하지 않는, 그런 섹스를 동경하고 있었지만, 그것은 생각보다 사람의 신경을 갉아먹는 일이었다. 아니면 그냥 몸이 피로해서였을지도 모른다. 악몽에 시달리면서, 심한 몸살을 앓았던 것이다.

나는 자성하는 뜻에서 여자를 한 명으로 정하기로 했다. 영어를 할 줄 알고, 키가 작고, 몸이 가녀리고, 예쁘고, 상냥하고 젊은 여자, 파오라라는 이름을 가진 22세의 스위스계 이민 출신으로 정했다. 그 후 3주일을 둘이서 보내게 되었는데, 나 자신을 구속해줄 인간을 필요로 한 것으로 보아, 나도 진정한 탕아는 아닌 것 같다.

데크체어에 누워, 파오라와 함께 했던 시간을 떠올려보았다. 우리는 아무도 없는 한 섬의 해변에서 벌거벗고 헤엄을 치고, 수트와 드레스를 사고 프랑스 요리를 먹고, 메트로폴리스 성에 숙박하고, 장미와 난으로 장식된 덮개 달린 침대에서 뒹굴고, 유리구슬과 금실 은실이 주렁주렁 매달린 카니발 의상을 입고 샴페인과 코카인으로 점철된 열광의 나흘을 지냈던 것이다.

그런 기억은 사라지지 않는다. 그러나 아무에게도 이야기하고 싶지 않다.

밤, 브라질 요리를 먹고 싶다는 카메라맨과 함께, 돼지 내장과 콩을 함께 삶은, 페이조아다(feijoada)가 나오는 식당으로 갔다. 마늘과 소금을 듬뿍 넣어서 강렬한 맛을 내며, 정력에 좋고, 브라질 사람의 식단에서 빼놓을 수 없는 요리이다. 바슬바슬한 쌀과, 만조카라는 곡물 가루와, 무 잎과 비슷하면서 약간 쓴맛이 나는 푸른 채소를 곁들여 먹는다.

"봐, 이게 돼지 귀야, 알아? 돼지는 귀가 제일 맛있어."

그렇게 말하면서, 묘한 것을 느꼈다.

페이조아다의 강렬한 맛이 파오라와 보낸 시간 가운데 잊고 있었던 부분을 떠올리게 했던 것이다. 10년 전에, 나는 세 번 페이조아다를 먹었다. 그 가운데 두 번은, 대절한 택시 운전사와 함께 교외의 레스토랑에서 먹었다. 파오라와 함께 먹은 것은 기억하지만, 그 장소를 떠올릴 수 없었다. 여행자를 위한 레스토랑이 아니라, 본격적인 맛을 내는 페이조아다였던 것으로 기억하고 있다. 파오라의 아파트에도 가보았지만 그녀가 요리를 만들어준 적은 없다.

정말 맛있는 페이조아다였다. 나는, 분명 그 맛을 몇 번이나 칭찬했다. 그런데 도대체 어디였을까.

다음날, 레브론의 해안으로 가서, 눈이 아득해질 정도로 높은 절벽에서 떨어져내리는 행글라이더의 비행을 비디오에 담고, 정말 맛있는 식당이 있다는 가이드의 말에 따라 새우를 먹으러 갔다.

새끼손가락만한 새우를 삶아서, 쟁반에 산처럼 쌓아올렸다. 그 것은 전채요리였기 때문에 얼마든지 시켜도 더 준다. 작은 게살에 만조카를 섞어서 오븐에 구운 것, 이것도 브라질 해산물의 대표적 인 전채요리이다.

메뉴에, '훈제 술빈' 이라는 것이 있었는데, 가이드는 술빈이 뭔 지 몰랐다. 메기의 일종이라고 내가 가르쳐주었다. 중화 해산물 요리에서 메기 가운데 가장 고급한 것의 하나이다. 살은 부드럽 고, 담백하지만 맛은 깊다.

구운 술빈은 먹어본 경험이 있지만, 나도 훈제는 처음이라, 주 문했다.

그 맛은, 어떤 생선 훈제와도 닮지 않았고, 복어 회와 비슷한 감 촉과 고급 고래고기처럼 기름기도 적당히 배어 있었다. 레몬을 뿌 려 혀에 올리면, 녹을 듯하면서도 녹지 않는다. 비린내도 물기도 없고, 혀를 조금 움직여 이빨 곁으로 옮기면, 일순간 살이 녹으면 서 목 안으로 흘러들어간다.

지금까지 먹어본 어떤 훈제보다 맛있다고, 가이드와 카메라맨 은 감탄사를 연발했고, 나도 고개를 끄덕였다.

파베라라는 슬럼에 가서 비디오 카메라를 돌리고 있자니, 마늘, 올리브유, 생선, 돼지 내장, 오물 냄새가 심하게 풍겨와서, 문득 잊 었던 기억이 되살아났다. 파오라와 페이조아다를 먹은 장소가 떠오른 것이다. 그곳은 리우데자네이루에서 200킬로미터나 떨어진 그녀의 고향이었다. 파오라의 가족은 아버지가 손수 지은 조잡하고 좁은 돌집에서 살고 있었고, 파오라는 나를 '패트런'이라고 소개하였고, 그녀의 가족은 페이조아다로 나를 환영해주었다. 가족은 모두 소박한 옷차림이었고, 아버지는 병에 걸려 두 눈이 거의 보이지 않았으며, 악수를 청하는 그 손은 도저히 50대로 보이지 않을 정도로 피폐해 있었다.

왜 파오라의 고향집에 갔다는 사실을 잊고 있었을까? 그 이유를 알고 싶어서, 나는 10년 전의 사연을 전부 카메라맨에게 이야기했다.

"골프도, 나이스 샷밖에 기억하지 않잖아요? 그와 같은 일이 아닐까요"

카메라맨은 그렇게 말했다. 그 명쾌한 대답에 나는 그만 웃었고, 구원받은 기분이 들었다.

페이조아다는, 브라질 그 자체인 것이다.

돼지족발과 폭음의 메시지

| **독일식 돼지족발** | 각을 뜬 돼지의 발을 소금물에 삶은 것

저기 유원지에 가서 뱀 여자를 보지 않을래요? 하고 그녀가 말했다.

나는 르 망(Le Mans) 레이스를 취재하러 왔다. 유명한 24시간 스포츠 카 레이스인데, 그녀는, 일본의 증권회사가 스폰서를 맡은 프라이비트팀의 홍보 담당이었다.

르 망에 출장하는 레이스팀은, 워크스와 프라이비트로 나누어진다. 워크스란, 도요타나 포르셰 같은 자동차 회사가 돈을 들여 조직한 팀을 말한다.

프라이비트라는 것은, 포르셰 같은 스포츠 카 회사에서 레이싱

카를 빌려 출장하는 팀을 말한다.

나도 비디오 작가로서는 워크스가 아니라 프라이비트이므로, 르 망과 같은 빅 이벤트의 촬영권을 손에 넣을 수는 없다. 그 증권회사가 주최하는 프라이비트팀의 비디오 기록팀에 고용된 것이다. 복사해서 팔 수도 없고, 텔레비전에 방영되는 것도 아니므로 당연히 보수도 약하다. 바로 그 때문에 모터 스포츠를 전혀 모르는 나에게 촬영 요청이 들어오게 된 것이지만.

카메라맨과 나, 단둘뿐이다. 그러나 늘 이런 식이니까 별다른 어려움을 느끼지는 않는다.

"뭐, 뱀 여자?"

라고, 나는 반문했다. 르 망의 경주 코스는 놀라울 정도로 넓다. 또한 낮이고 밤이고 24시간을 달린다고 취재진도 24시간 카메라를 돌리라는 법은 없다. 잠시 눈을 붙이거나, 간식을 먹기도 하는데, 그런 틈을 이용하여 홍보 담당 여자는, 유원지에 같이 가자고 나를 유혹하고 있는 것이다.

"아니, 르 망의 유원지에 있는 서커스, 몰라요?"

"모터 스포츠장에 그런 게 다 있어?"

"얼마나 유명한데, 아저씬 정말 아는 게 없다니까."

아저씨라는 말에 나는 쓰게 웃을 수밖에 없었다. 그런 말을 처음 듣는 것은 아니지만, 젊은 여자애가 심각한 표정으로 그렇게 말하자, 일순간 당혹감을 느꼈다.

베타 카메라를 줄곧 혼자서 지고 다니느라 지쳐 있는 카메라맨에게는, 차 안에서 눈 좀 붙이라 하고, 나는 그녀와 함께 갔다.

유원지까지는 꽤 거리가 있고, 사람들이 너무 많아서, 차라리 잠이나 잘 걸 그랬다고 나는 몇 번이나 후회했다.

모터 스포츠라면 화려한 이미지가 떠오르지만, 르 망에 모여든 사람들의 얼굴이나 패션은 무척 소박하다. 여객선을 타고 건너온 영국인들은 싸구려 청바지와 티셔츠에 맥주를 병째 나발 불면서 요란을 떨고 있다. 그들은 벌겋게 달아오른 얼굴로, 내 앞을 걸어가는 홍보 담당 여자에게 농지거리를 했다. 그녀는 결코 미인은 아니지만, 키가 크고, 화려한 미니스커트와, 팀의 로고가 들어간 블루종을 입고 있어서, 소박한 차림의 관객들 가운데서 눈에 띄었다.

"아저씨, 피로하세요? 이제 다 왔어요."

나는 앞서가는 여자의 긴 머리카락을 향하여, 내 이름을 말하고, 그 아저씨라는 말, 그만해, 하고 인파에 떠밀리면서 소리쳤다.

그러자 그녀는, 알았어요, 하고 중얼거리고, 길가에 있는 맥주 스탠드를 손가락으로 가리키며, 한잔 마시고 가자고 했다.

"알았어요. 이제부터 이름을 부를게요. 근데 이상해요."

"뭐가?"

"나, 별볼일 없는 중년 남자는 모두 아저씨라고 부르기로 정해 두었단 말예요."

252

"무리 안 해도 좋아. 싫다면 그냥 아저씨라고 불러도 돼."

"아저씨는 내 타입이 아닌데, 이상해, 아저씨가 내 눈을 똑바로 보고, 이름을 불러달라고 하니까."

"대충 사는 것 같아 보였는데, 의외로 세심한 편이군."

내가 그렇게 말하자, 홍보 담당은 눈을 약간 내리깔더니, 이윽고 고개를 들고는 맥주를 단숨에 마셨다. 그래서, 한 잔 더 할까, 하고 내가 말하자, 고개를 끄덕이는 솔직한 태도를 보였다. 고개를 끄덕이는 그 모습이 너무 귀여워서, 나도 모르게 웃고 말았다.

"왜 웃어요?"

다섯 살 난 여자애 같아서, 하고 나는 맥주를 한 잔 더 시키고, 소금물에 삶은 돼지족발을 주문했다. 맥주 스탠드는 독일 사람이 하고 있었다. 르 망 같은 큰 레이스에는 여러 나라 사람들이 모여든다. 그래서 독일식 돼지족발도 있는 것이다.

그녀는 거대한 돼지 다리를 보더니 미간을 찌푸렸다.

"이게 뭐야, 돼지 발 그대로잖아요."

"먹어봐, 맛있으니까."

"싫어요, 껍질도 그냥 붙어 있고, 털구멍이 그대로 다 보이잖아요."

"돼지는 싫어해?"

맥주를 두 잔 마시더니, 그녀는 옛날 일과 가족에 대해 간단히 이야기했다. 작은 목공소의 트럭 운전사였던 아버지, 파트 타임으로 스낵에서 일하는 어머니, 폭주족에 가담했다가 크게 다친 오빠, 어릴 적에 뇌에 이상이 생겨 죽은 여동생, 아버지를 속이기도 하고 아버지에게 속임을 당하기도 한 그녀……

"이봐요, 트럭 운전사가 잘 가는, 간선도로 17호선 곁에 있는 식당, 알아요?"

"알아."

"들어가본 적 있어요?"

"있지."

"싫어, 그런 델 왜 들어갔어요?"

"내장 삶은 것을 파는 데 아닌가?"

"어떻게 그런 걸 다 알아요?"

"취재하러 다닐 때, 자주 먹었지."

"아저씨 같은 사람도, 내장 삶은 것, 먹어요?"

"다들 먹어."

"아버지가 좋아했어요."

나는 돼지나 내장 요리를 저급하게 취급하는 곳은 일본뿐이라고 그녀에게 가르쳐주었다. 북이탈리아에 가면 혀나 심장이나 돼지족발을 어묵처럼 소금물에 삶아서 파는 식당이 있어, 무척 비싼 레스토랑이지, 프랑스에서도 내장은 아주 귀중하게 여겨, 로스나 등심 스테이크가 최고라는 풍조는 세계에서도 가장 촌스런 미국의 감각에 물들어서 그래……

254

그녀는 돼지족발의 껍질을 손가락으로 집어먹었다.

"몸 속까지 끈적끈적해지는 것 같아."

둘이서 맥주를 네 조끼씩 마시고 비틀거리면서 유원지에 갔다. 일류미네이션을 깜박이며 어지러울 정도로 빠르게 회전하는 청룡열차를 어디선가 본 기억이 있다. 스티브 맥퀸이 출연한 영화였던 것 같다. 아마, 〈영광의 르 망〉이라는 제목이었던 것 같다.

벌거벗은 채로 몇 종류의 뱀을 끌어안고 있는 머리가 좀 모자란 듯한 뱀 여자를 구경하고, 흑인 여자들만 나오는 엉성한 스트립 쇼를 보고, 가슴둘레가 202센티미터나 되는 여자도 구경했다. 우리는 영국인들 못지 않게 취해서, 열몇 쌍의 커플이 빙 둘러서서 키스 시합을 할 때도, 누구에게도 지지 않을 정도로 강렬하게 혀를 빨아, 주위에 있는 사람들로부터 큰 박수를 받았다.

"하고 싶어졌어."

라고 그녀는 말했다.

"만나자마자 아저씨에게 나를 이렇게 내맡기기는 처음이에요."

나도 하고 싶어, 라고 나는 말했다.

"그럼, 어디 가서, 해요."

그보다, 저걸 먼저 타보자, 하고 나는 고속회전 청룡열차를 손가락으로 가리켰다.

처음에는 둘 다 환성을 질렀다. 그러나, 르 망 유원지의 청룡열

차는, 회전속도나, 흔들림이나, 타는 시간, 그 모든 것이 일본의 유원지에서 볼 수 있는 어린이를 위한 열차와는 비교가 안 되었다. 열 바퀴째부터 환성이 사라지고, 스무 바퀴가 지나자 소름이 돋았다. 서른 바퀴째에 이르자, "이건, 분명 고장이야."하고 그녀는 새파랗게 질린 얼굴로 걱정하기 시작했다.

뻣뻣하게 굳은 몸으로, 고장이야, 고장이야, 하고 비명을 질렀다. 나도 무서웠지만, 그녀를 안정시켜야 한다고 생각하고, 달리는 열차의 폭음을 들어봐, 하고 귀에다 대고 고함을 쳤다.

"들리지? 계속 달리고 있는 거야. 우리는 지금 재미있게 놀고 있는 거라고, 정신 차려!"

먼저, 토한 것은 나였다. 맥주와 소금물에 삶은 돼지가 속에서 한덩어리가 되어 움직이더니, 갑자기 위가 수축되면서, 폭발적으로 목을 치고 올라와 입 밖으로 튀어 달아났다. 곧 이어 그녀도 내 뒤를 따랐다. 둘이서 양쪽으로 몸을 내밀고 기세 좋게 토해내자, 몸이 빨래처럼 비틀리고, 토사물은 방사선을 그리며 멀리 아래쪽 사람들 위로 떨어져내렸다. 그게 재미있다고 술에 취한 영국인들은 오물을 피하면서 손가락질을 하며 배를 잡고 웃었다.

"토해서 기분도 엉망인데, 그래도 즐겁다니, 이런 경험 처음이에요."

내려서, 땅바닥에 털썩 주저앉아 그녀는 그렇게 말했다. 우리는, 영국인들의 웃음거리가 되는 것을 감수하면서 잠시 땅바닥에 앉아 있었다. 쉬지 않고 달리는 레이싱 카의 폭음이 내게 이상한 힘을 주었다.

아무리 기분이 좋지 않아도 세계는 계속 돌아가고 있고, 폭음은 그런 메시지를 우리에게 보내고 있는 것 같았다.

르 망의 거리에 독일 식당이 있어, 우리 소금물에 삶은 돼지고기를 또 먹으러 가자, 내가 그렇게 말하자, 그녀는, 아저씨도 터프가이! 하면서 웃었다.

잠들어 있던 용기를 되살려준 바다의 향기

| **부야베스** | 생선과 채소를 넣고 고급 사프란 향료를 곁들여서 끓이는 서양식 찌개로
마르세유의 명물이다.

마르세유.

구 요트 항구의 동쪽 작은 후미진 곳에, '퐁퐁'이라는 이름의, 가족적인 레스토랑이 있다.

입구에, 크고 검은 세퍼드 한 마리가 누워 있다. 그 개는, 절대로 사람을 물지 않는다고 한다. 그 이유를 물어보니, 항상 생선을 먹이로 주기 때문이라고 한다. 고기를 먹으면 사람이건 동물이건 거칠어지지만, 생선을 먹으면 상냥해진다는 것이다.

그것은 과학적으로 증명된 학설이라기보다는, '퐁퐁'에 근무하는 웨이터의 개인적인 의견이었다.

'퐁퐁'에는, 남프랑스에서는 유명한 나이 든 주방장이 있는데, 그의 별명은 '부야베스의 아버지'이다.

내가 그 가게를 찾아간 것은 7월의 어느 날로, 셰퍼드에게 인사를 하고 테이블에 앉은 것은 8시가 넘어서였지만, 태양은 아직도, 수평선보다 꽤 높은 곳에 떠 있었다.

유명한 레스토랑이어서, 창가 자리는 거의 예약된 상태였다. 그러나 나는 혼자였기 때문에, 구석에 작은 자리를 잡을 수 있었다.

창 너머로 후미진 곳이 보였다.

물가를 따라 끝에서 끝까지 걸어서 3분도 걸리지 않는 정말 자그만 후미였다. 보트 대여점에 묶여 있는 1,2인승 보트가 물살에 조용히 흔들리고 있다. 건너편에는 피제리아(pizzeria : 피자 파이를 파는 가게 — 옮긴이)와 카페가 있고, 페르노 또는 리칼을 마시는 사람들 주위를 어린아이들이 뛰어다니며 놀고 있다.

몬테카를로의 거대한 요트들과는 달리, 보기에도 부담이 적고, 아늑한 풍경이었다.

술을 마시고 있는 동안에, 이윽고 해는 수평선 아래로 기울었다. 리칼을 들고 온 웨이터가, "실례지만, 직업이 뭔가요?"하고 물었다. 나는 비디오를 제작하는 일종의 광고업자이지만, 영어가 거의 통하지 않아 설명하기가 힘들 것 같아서 그냥 '소설가'라고 거짓말을 해버렸다.

프랑스뿐만 아니라, 유럽에서는 저널리스트이건 에세이스트이건 저술가라면 높이 평가해준다. 일본에서 온 소설가라는 웨이터의 보고 때문인지, 주인이 내는 거라고 하면서 프로방스의 백포도주 한 병을 가져왔다.

외국 여행중에 혼자서 식사를 하면, 감상에 빠지기 쉽다. 백포도주는 오토의 브랑 데 브랑이었다. 이전에 파리와 로마에서 일을 할 때, 짬을 내어 모나코를 여행한 적이 있는데, 그때 니스의 공항에서 우연히 아는 사람을 만났다. 그 여자와 나는 나흘간 같은 호텔방에서 지냈다. 브랑 데 브랑을 몇 병이나 마셨는지 모른다. 바로 두 달 전의 일이었다. 그 여자와는 그 이후로 만나지 않는다.

딱 한 번 회사에 짧은 편지가 날아왔다.

24년을 살아오면서 가장 멋진 시간이었다고 적혀 있었다.

"……그렇지만, 나는 결코 센티멘털해지지는 않을 거예요."

여자는 감상적인 생물이 아니다.

문제는 남자이다. 모나코에서 만난 이래로 나는 늘 마음속에 그녀를 담고 있었다. 연락처도 알고 있었지만, 참을 수 없이 만나고 싶은 욕망을 억누르고 결국 전화를 하지 않았다. 이유는 간단하다. 다시 만나도, 모나코에서와 같은 멋진 시간을 보낼 수 없을 것이기 때문이다.

이번에 남프랑스에 온 것은 텔레비전 CF 촬영 때문이다. 세잔느가 태어나고 자란 프로방스 지방에서, 그의 그림과 실제의 풍경을 뒤섞어서, 전력회사의 CF를 만드는 것이다. 솔직히 말해, 남프랑스에는 오고 싶지 않았다. 아직 그녀와의 기억이 생생하게 남아 있었기 때문이다. 그러나, 내가 소속된 작은 회사에서 그런 내 사정을 알아줄 리가 없다. 파리에서 마르세유로 들어가, 세잔느가 태어난 거리, 엑상프로방스에 숙소를 정했지만, 도무지 성미에 맞지 않았고, 젊은 카메라맨이나 코디네이터와 함께 식사하는 것 자체가 고통스러웠다.

오늘밤은, 친구를 만나야 한다는 핑계를 대고, 혼자서 마르세유까지 오고 만 것이다.

"부야베스를 드시겠습니까?"

하고, 그 웨이터가 물었다. 위(Oui), 하고 대답하자, 그렇다면 오르되브르(hors-d'œuvre : 전채 요리 — 옮긴이)는 필요 없다고 했다. 부야베스에 사용하는 생선은 세 종류인데, 무려 1킬로그램이나 든다고 한다. 1킬로그램의 생선, 도무지 상상이 가지 않았지만, 역시 남프랑스의 전채가 가진 매력을 잊을 수 없어, 나는 가장 가벼운 피망 올리브 오일 절임을 먹기로 했다.

여름의 리비에라(Riviera : 프랑스 남부에서 이탈리아 북부에 걸친 지중해 연안 지방, 마르세유와 제노바 사이의 해안선에 대한 통칭 — 옮긴이)에는 저항할 수 없는 힘이 있다. 늦은 일몰도 그 마력의 하나이다. 태양은, 늦은 저녁식사를 하는 동안 천천히 수평선 아래로 떨어져내린다.

후미의 해면이 어두워지기 시작했을 때, 나는 혼자서 식사하러 온 것을 후회했다. 두터운 피망을 입으로 가져갈 때마다 이런저런 생각이 가슴에 저며온다. 이렇게 그리울 줄 알았다면 전화라도 해서 '사랑한다'고 고백하고 다시 만나자고 하면 되지 않을까? 아니, 정말로 사랑한다면 반드시 그렇게 했을 것이므로 사실은 사랑하는 것이 아니라 단순히 감상에 빠졌을 뿐일 게다. 왜 혼자서 식사를 하러 왔을까? 지금부터 남프랑스의 황혼이 시작된다. 그 센티멘털을 견뎌낼 수 있을까? 싫어도 그냥 스태프들과 함께 이야기를 하면서 중국 요리라도 먹는 게 더 좋지 않았을까?

그런데 왜 나는 그녀에게 연락을 하지 않았을까?

이런저런 의문이 교차했지만, 이미 나 스스로 그 해답은 알고 있었다.

그녀를 잊을 수 없는 것은, 이제 다시 만나지 말자고 서로 약속을 했기 때문이다. 공백이 스토리를 만들고, 스토리가 감상을 낳는다. 그러나, 남자와 여자의 관계에서, 이제 다시는 만나지 말자, 라는 약속은 아무런 의미가 없다. 서로를 진정하게 갈구한다면 전화를 해서, 만나고 싶다, 고 고백하게 되어 있다.

껍질이 두터운 피망을 다 먹었을 때, 드디어 해가 떨어졌다.

나는 어젯밤 스태프와 식사를 한 엑상프로방스의 레스토랑을 떠올렸다. 그것은 거리의 중심부 도로에 면한 전통적인 레스토랑으로, 메뉴에 스페셜 디너 나이트, 라고 적혀 있었다. 거리의 명사들이 성장을 하고 디너와 댄스를 즐기는 금요일 저녁이라는 것이다. 거기 모이는 명사들은 모두가 서로를 잘 아는 사이로, 서로 인사를 나누었고, 테이블 자리도 거의 정해져 있는 것 같았다. 모두 노인들로, 정성껏 차려 입었지만 모나코나 파리에 비해 훨씬 촌스러웠다. 우리는 그런 레스토랑에 무척이나 어울리지 않는 손님이었다. 넥타이도 매지 않았고, 남자만 다섯 명에다, 전부 동양인으로, 커다란 비디오 카메라와 녹음기재를 들고 있었다. 우리는, 그 레스토랑 그 자체를, 맛없는 요리와 웨이터의 거만한 태도와 노인 손님들의 촌스런 옷차림과 밴드의 서툰 연주를, 소리 높여 비웃었다. 주름투성이 손을 잡고 댄스를 즐기는 노인들을 조소하면서, 나는 점점 우울해져갔다.

나 역시 언젠가는 저런 피부로 변하고 말 것이라는 생각이 들었던 것이다. 주말에 스페셜 디너 나이트에 가서, 잃어버린 시간을 탄식할 것이다. 그때, 저 모나코의 휴일을 떠올리게 될 것이다. 그리고, 어색하게 자리를 잘못 찾아든 젊은이들에게 추하게 늙은 모습을 조롱당할 것이다.

"먼저, 수프를 드시죠"

웨이터가 황갈색 수프를 가져 왔다. 바다와 사프란 향기. 사이드 테이블에서는 네 마리의 생선이 무럭무럭 김을 뿜어내고 있고, 웨이터가 정중한 자세로 살코기를 발라서 다른 접시에 담고 있다. 거기에, 다시 수프를 끼얹는다.

수프 속에, 바싹 구운 빵을 띄워놓고, 먹는다. 빵에 머스터드 마요네즈를 바르면, 맛은 더욱 짙고, 깊어진다.

도미와, 일본에서는 볼 수 없는 생선. 수프에 넣어 삶은 건 아닌 모양이다. 마치 가볍게 쪄서 구운 듯이, 살은 새하얗고, 기름도 떨어지지 않는다. 수프에 적셔 입 속에 넣자 스르르 녹아버린다. 뼈와 분리된 살이 수프 속에서 다시 물고기로 되살아난 것 같다.

바다의 향기 그 자체인 수프를 마시고, 오토 브랑 데 브랑을 마시면서, 나는 1킬로그램의 생선과 격투를 벌였다.

그러는 사이에 저녁 노을이 깔렸지만, 부야베스는 나를 감상에서 구원해주었다.

"부야베스를 먹었어."

호텔로 돌아와서, 나는, 모나코에서 만난 그녀에게 전화를 했다. 포도주에 취했지만, 그 때문에 다이얼을 돌린 것은 아니다.

그녀는 잠시 침묵을 지키다가, 실은, 자기 전화를 기다리고 있었어, 하고 말했다.

"그렇지만, 자기가 전화를 하지 않을 거라고 생각했어."

"왜?"

"자기는 자진해서 골치 아픈 일을 만들지 않는 사람이니까."

"그럼, 왜 전화를 했다고 생각해?"

"몰라."

나도 알 수 없었다.

"일본에 가면 다시 전화할 테니까 만나줄 거지?"

잠시 침묵이 흐르고, 응, 하고 그녀는 말했다.

전화를 끊은 후, 나는 자신이 위선자가 아닐까 하고 의심했다. 쓸데없는 폼 잡지 말고 바로 전화를 했으면 좋지 않았을까?

그러나, 금방, 뭐 그러면 또 어때, 하고 나는 스스로를 용서했다.

인간이란 나이가 들수록 감상을 두려워한다. 되돌이킬 수 없는 시간이 점점 늘어나기 때문이다.

그러나, 동시에 감상에서 자신을 지켜줄 무언가를 만날 수도 있다.

예를 들면, 저 부야베스처럼.

부야베스에는, 바다의 향기와 용기가 가득 들어 있었던 것이다.

'요리를 하지 않는 요리사'
무라카미 류의 미의식이 녹아든 소설

가미가키모토 마사루 (하우스텐보스 호텔 주방장)

하우스텐보스(huis ten bosch : 나가사키 사세보에 있는 테마 파크. 중세 네덜란드의 거리를 재현하였다. 명칭은 '숲속의 집'이라는 네덜란드 궁전의 이름에서 딴 것이다 — 옮긴이)가, 무라카미 류 씨의 고향인 사세보 시에서 문을 연 것은, 1992년 3월 25일. 그가 처음 방문했을 때, 내 요리를 먹은 것이 인연이 되어, 이후로 가족들을 데리고 올 때나 일 때문에 묵을 때면, 늘 나를 불러주었다.

하우스텐보스 개업식 이벤트의 음악은 무라카미 씨가 프로듀서를 맡은 음악 기획 작품 〈신세계의 비트〉였다. 그때 그는 "쿠바에서 온 뮤지션에게, 그들이 늘 먹는 감자를 이용한 요리를 먹게 하고 싶다."고 내게 요청한 적이 있었다. 나는, 그의 세심한 배려에 감격하여, 힘 닿는 한 그렇게 해주고 싶었다. 그래서, 일본에서는 손에 넣기 힘든 재료를 구해, 멋진 음악을 연주해달라는 바람으로 열심히 요리를 만들었던 일이 기억난다.

나는 그에 대해 마음속으로, '실은, 그는 요리를 만들지 않는 요리 전문가가 아닐까.' 하고 생각하고 있다. 그의 소설 속에는, 다양한 장면에서 다양한 요리가 등장하고, 때로 요리 그 자체가 등장인물의 마음을 대변하기도 한다(그것은, 단순히 작가가 요리에 대해 많이 알고 있는 정도로는, 도저히 표현할 수 없는, 천부적인 재능이라 하지 않을 수 없다). 묘사의 치밀함, 그리고 대담한 표현을 대할 때마다, 우리들 요리사보다 더 뛰어난 미각의 소유자가 아닐까 하는 생각이 들 정도이다. 그뿐만 아니라, 오감의 모든 능력을 갖춘 사람이 아니면, 도저히 그런 묘사는 불가능할 것이다.

32편의 단편 가운데, 세 번이나 고쳐 쓸 정도로, 무라카미 씨가 심혈을 쏟은 대목은, 코트다쥐르의 호텔 '르 카프 에스테르'에 관한 것인데, 완벽한 다이닝을 제공하는 그 호텔의 누벨 퀴진이 바로 그것이다.

그 호텔에 처음 묵으면서 먹은 음식은, 트뤼프를 통째로 사용한 샐러드이다. 트뤼프는 푸아 그라와 캐비아와 함께 세계 3대 진미의 하나로 알려져 있다. '숲속의 검은 다이아몬드'라고도 하는데, 저 유명한 미식가 브리야-사바랭(Brillat-Savarin, 1775~1826 : 프랑스의 미식가로 《미각의 생리학》을 저술하였다 — 옮긴이)은 '요리 속의 다이아몬드'라고 적고 있다. 프랑스에는 검은 트뤼프, 이탈리아에는 하얀 트뤼프가 있는데, 그 호텔의 트뤼프는 검은 쪽일 것이다.

약 300년 전에, 프랑스의 페리고르 지방에서 미식가인 산돼지들이 먹고 있는 것을, 인간이 슬쩍해서 먹어본 것이 최초이다. 트뤼프는, 땅속 25센티미터에서 30센티미터 깊이에 묻혀 있다. 인간의 눈에는 보이지 않기 때문에, 돼지나 개의 후각을 이용하여 찾는다. 트뤼프에는, 일종의 미약 효과가 있어서, 인간의 마음을 흥분시킨다고 한다. 무라카미 씨가, 피로를 모르고 세계의 구석구석을 다니며 일을 할 수 있는 것도 트뤼프 덕분일지 모른다.

그 '트뤼프를 통째로 넣은 샐러드'로 말할 것 같으면, 내가 생각하기에는, 전채로 나오는 '오마르 새우 샐러드, 트뤼프 첨가'라는 메뉴가 아닐까 싶다. 쿠르 부용(court-bouillon : 생선을 찌기 위한 국물로 물에 백포도주나 스파이스를 넣고 만든다 — 옮긴이)으로 새우를 삶아서 먹기 쉽게 살을 크게 잘라 샐러드와 섞고, 트뤼프를 잔뜩 뿌린 요리일 것이다.

나흘째 밤, 트뤼프의 냄새 때문에 작곡가가 문득 발걸음을 멈추는 장면이 있다. 한 개의 신선한 트뤼프를 주방 한구석에 놓아두면 주방 전체에 독특한 향기가 퍼져나간다. 그 정도로 금방 채취한 트뤼프의 향기는 강렬하다. 그러나 트뤼프의 계절은 12월에서 2월. 그가 이 호텔을 방문한 것은 4월 하순이므로 모순된다. 그리고 작곡가를 감탄케 하여 이어폰을 벗게 한 다이닝 룸의 '그 소리', '은밀한 지저귐'. 그거야말로 일류 레스토랑의 필수요소인 '앰비밸런스'이며, 분위기를 발효시키는 중요한 포인트이다.

다음으로, 파리 '투르 다르장'의 오리 요리. 이곳은, 에투페(étouffée : 피를 뽑지 않고, 질식사시킨) 오리 요리로 유명해진 식당이다. 질식사시키면, 오리의 몸 속에 피가 엉기고, 살코기 전체에 피가 배어든다. 그 결과, 철분을 함유한 오리 특유의 풍미가 생겨나는 것이다. 조리법은 소금, 후추를 뿌린 오리를 실로 묶고 오븐에서 구워낸 다음, 손님 앞에서 살을 발라내고, 나머지 부분을 압축기에 넣어 고기의 맛과 피의 풍미가 가득 배인 즙을 짜내고 거기에 소스를 뿌린다.

그때의 테이블 서비스는, 마치 선장이 방향타를 천천히 돌리듯이 압축기의 핸들을 돌려, 최후의 한 방울까지 피와 육즙을 짜내는, 오리 요리의 하나의 의식이다. 끼 — 끼 — 하는 롤러 소리는 마치 자연의 혜택(요리 재료)에 감사할 줄 알아야 한다는 메시지를 보내는 것 같다.

'르 카프 에스테르'에서 또 하나 중요한 역할을 하는 것이, '무스 쇼콜라'. 사실 무스 쇼콜라는 내가 전문으로 하는 것이기도 하다. 20여년 전, 리옹의 레스토랑 '아랑 샤펠르'에서 요리를 배울 때, 제과의 아버지, 자노 씨에게 슬쩍 훔쳐 배운 솜씨이다.

달걀 노른자와 시럽을 끓여서 거품을 일게 하고, 불에 녹인 초콜릿과 이탈리안 메렝구(meringue : 달걀 흰자를 휘저어 거품을 내고 설탕을 넣어 가볍게 구운 것 — 옮긴이)를 재빨리 섞는다. 마지막으로 코앙트로주를 붓고 그릇에 담아 냉장고에서 식힌다. 그러면 최고의 무스 쇼콜라가 된다. 부드럽게 입 안에서 녹으며, 씁쓸한 맛이 일품이다. 그야말로 디저트의 왕이라고 해야 할 것이다.

무라카미 씨는, 코트다쥐르에 강한 매력을 느끼고 있는 것 같다. 그 곳은 내 친구, 호텔 드 파리의 주방장, 알랭 듀카스, 호텔 네그레스코의 전 주방장, 도미니크 루스탕이 활약하는 곳이기도 하여 남달리 친밀감이 느껴진다.

매년 무라카미 씨는 아들의 생일 때, 가족을 데리고 호텔 유럽에 묵는다. 기념 디너는 내가 만든 프랑스 요리 풀 코스를 즐긴다. "어린시절이야말로, 맛있는 것을 먹을 수 있는 절호의 기회다."라고 그는 말한다. 일에서뿐만 아니라, 자식을 키우는 부모로서 사적인 면에서도 신중하고 진솔하게 대처하는 그의 기본 자세를 엿볼 수 있는 부분이다. '매사에 신중하고 진솔한 자세'를 가진다는 것은 요리인 이전에, 한 인간으로서 나 자신의 사고방식과 일치하는 점이기도 하고, 공감하는 면이기도 하다.

작가인 무라카미 씨도 요리사인 나도, 잘 음미한 언어(재료)에 집중하여, 진솔하게 대처하고, 독자(손님)에게 작품(요리)을 제공한다는 점에서는 같고, 보다 좋은 작품(요리)을 만들기 위해서 신중하게 대처하면 할수록, 그것이 긍정적인 평가가 되어 나에게 되돌아오는 것도 마찬가지다. 무라카미 씨의 요리소설에는, 요리사가 맛있는 것을 추구하는 정열과 같은 미의식이 작용하고 있는 것 같다. 작가도 요리사도, 소재를 앞에 두고 사색하며, 그것을 정확하고 치밀하게 계산하고, 최고의 상태로 완성시킨다. 그리고, 사람들에게 놀라움과 감동과 풍성함을 준다. 소설은, 문자로 영원히 남지만, 요리는 한순간에 사라져버린다. 그러나, 펜도 칼도 예술이고 문화이기는 마찬가지다.

최근, 그로부터 멋진 선물을 받았다. 잡지 『코스모폴리탄』에 게재한 후, 단행본으로 발간된 소설 《첫날 밤, 두번째 밤, 마지막 밤》이 그것이다. 그것은 하우스텐보스의 음식문화의 정점인 프랑스 레스토랑 '에리타쥬'를 무대로 한 요리소설로, 이야기 속에는 그의 혀로 정밀하게 분석된 '에리타쥬'의 18가지 요리가 등장한다. 신중하게 재료를 음미하여 요리하는 요리사와 신중하게 언어를 선택하여 문장을 만들어내는 작가의 이른바 '합작'이라 할 수 있는 작품으로 나는 이해하고 있다.

그 다음해 4월 19일에, '에리타쥬'에서 무라카미 씨를 초대하여 '출판기념 디너 파티'를 열었다. 요리인에게는 너무도 과분한 이런 작품을 만들어준 그에게 감사드리고 싶다.

일본의 서쪽 끝 사세보의 한 요리사로서, '요리를 하지 않는 요리사' 무라카미 씨가 그 재능을 유감없이 발휘하여 이후로도 음식에 관한 많은 작품을 만들어주셨으면 하는 바람을 전하고 싶다.

감각을 통해 찾아가는 인간의 근원

문화에는 항상 독특한 냄새가 따른다. 예민한 어떤 외국인은 김포공항에 내리자마자 마늘 냄새를 맡는다고 한다. 수컷 동물은 암컷 냄새를 맡고 발정을 한다. 우리 인간도 어머니의 젖 냄새를 맡고 평온을 느끼고, 섹스 상대의 여자(남자) 냄새를 맡고 농도 짙은 흥분 상태에 빠져든다. 냄새가 몸을 가지고 살아가는 인간의 미적 감각이나 상상력에 얼마나 깊이 관계하는지, 비염에 걸려본 사람이라면 알 것이다. 냄새 없는 미각은 고무줄 없는 팬티다. 그래서 우리는 보기 싫은 사람을 밥맛 없는 작자라고 욕을 한다. 이 말을 뒤집으면, 밥맛 없는 작자를 우리는 보기 싫다는 시각적 언어로 표현한다. 그리고 우리는 사랑하는 사람의 혀를 빤다. 침을 마시고 맛을 보며, 끝없이 피부의 접촉을 시도한다. 서로의 피부를 밀착시켜, '나(너)'를 '너(나)' 속으로 밀어넣으려 한다. 침의 온도, 입술 감촉, 냄새, 피부로 전해오는 은밀한 온기, 숨소리에 자신의 전 존재를 걸고 어떤 곳을 향하여 나아간다. 그런 접촉과 일체감이 잘 이루어질수록 사람은 깊은 행복을 느낀다. 기분 좋은데, 왜 사람은 소리를 치고, 눈이 젖어들고, 볼을 발갛게 물들이고, 땀구멍을 크게 열고, 콧구멍을 넓히고, 입을 벌리며, 귀를 열어둘까. 기분은 그냥 마음이 아닌 모양이다. 아니, 마음은 그냥 마음이 아니다. 감각을 떠난 모든 것은 허상일지도 모른다. 모든 종교적 의례와 수행에는 감각의 정화가 따른다. 감각=몸이 잘 닦여 있지 않으면 멋진 인생도, 종교적 체험도 없을 것이다. 따라서 맛의 탐구는 인간의 근원을 탐구하는 행위가 된다.

무라카미 류의 문학은 감각의 탐구를 통하여 시원 상태로의 회귀, 또는 지금 여기에서 그것을 일으키려는 의례라 할 수 있다. 어떤 상처도 없고, 어떤 이데올로기도 침투되어 있지 않는 시원 상태의 획득을 욕망하는 문학이다. 삼계탕, 자라탕, 무스 쇼콜라, 이름 모를 아프리카 음식, 오므라이스, 생선초밥, 핫도그, 피가 배인 오리 요리, 파스타, 생선찌개……들이 사랑과 추억과 수치심과 지복과 환희……들과 어우러져 있다. 그리고 맛을 통하여 인간은 상처를 치유하고 살아갈 힘을 얻는 것이다.

심장이 멈추면 죽는다. 그 다음에 뇌의 활동이 정지된다. 그러나 인간의 귀는 그때도 열려 있다. 티베트 사람들은 사자의 귀에 대고 극락왕생의 주문을 외운다. 저기 빛나는 곳으로 뛰어들라고 사자에게 외친다. 인간은 최후의 순간까지 감각에 의존해야 하는 것이다. 그렇게 길을 떠나는 혼도 비록 몸은 없지만 살아 생전의 냄새와 맛, 그리고 사랑했던 사람들의 따스한 온기를 기억하고 있을 것이다. 무라카미 류의 요리소설을 읽다가 문득 이런 상념에 사로잡히는 것도 우연은 아닐 것이다.

1999년 1월 30일

양 억 관